I0544961

www.ingramcontent.com/pod-product-compliance
Lightning Source LLC
Chambersburg PA
CBHW020753210626
46807CB00018B/3194
9781990157226

| انتشارات انار |

| آنیما احتیاط | از داستان‌های ایران - ۸

بیداری

کنون، ای سخن‌گوی بیدار مغز
یکی داستانی بیارای، نغز

بیداری
از داستان‌های ایران - ۸
نویسنده: آنیما احتیاط
دبیر بخش «از داستان‌های ایران»: بنفشه حجازی
مدیر هنری و طراح گرافیک: عبدالرضا طبیبیان
چاپ اول: پاییز ۱۴۰۰، مونترال، کانادا
شابک: ۶-۲۲-۹۹۰۱۵۷-۱-۹۷۸
مشخصات ظاهری کتاب: ۵۶ برگ
قیمت: US $ ۱۰ - CAD $ ۱۳ - € ۸٫۵ - £ ۷٫۵

نشانی: 746A , Plymouth Av . , Montreal , QC , Canada
کدپستی: H4P 1B1
ایمیل: pomegranatepublication@gmail.com
اینستاگرام: pomegranatepublication
انتشارات انار

آوازی شنید که:
«بیدار گرد، پیش از آنکه بیدارت کنند»
تذکره الاولیاء

لایهٔ عقرب

~

«همیشه بیش از آنکه به مرگ یا زندگی فکر کرده باشم به لحظه‌ای اندیشیده‌ام که زندگی را به مرگ پیوند می‌دهد». شمعدانی‌ها پلاسیده بودند. آفتابِ کج، چاقوی تیز اما درخشان، دماغ را قاچ داده بود و خون، اسفنجی بود که -گلابی لهیده را با دست پُرزور فشرده باشند و دست را با شلوار پاک کرده باشند- چسبناکی‌اش آزار دهنده بود.

«تاملات همیشه بوی خون می‌دهند». این را تلاش کرد قدری در دهانِ ذهن بچرخاند و مزمزه کند: آب‌های بی‌کران، دریای قدر نادیدهٔ بی‌زورق و هوا که با منقار پرستوها شکافته می‌شد.

به خاطر آورد روی حصیر، روی ایوان خانهٔ شوفرها نشسته بود و درخت را تماشا می‌کرد. خانه از آن خانه‌هایی بود که هر اتاق را به کسی اجاره داده بودند. به غیر از

آن‌ها و یکی دو نفر دیگر، همه رانندهٔ ماشین سنگین بودند و خانه به خانهٔ شوفرها معروف بود. حیاط بزرگی داشت با یک درخت شاتوت و چند درختچه و حوض کوچک آب.

درخت شاتوت تنومند و بزرگ بود طوری که سایه‌اش توی حیاط جا نمی‌شد و روی دیوارها هم نوشته می‌شد.

همهٔ صداها محو شده بودند. مادر از سکون خیره به جای نامعلوم حرص می‌خورد. «عالم هپروت». بازی اما به جاهای خطرناک کشیده می‌شد. رد خون که روی درخت بود که از ماه ریخته بود، و اسب‌های سفید را هم رنگی کرده بود، زیر پلک‌هایش چشم که می‌بست نشت می‌کرد.

«تلاش برای نگاه داشتن تصویر در ذهن جانکاه است». آنقدر که گاهی از شدت تمرکز، ذهن از جا در می‌رفت -مهرهٔ لغزنده‌ای که مدام بخواهی با زور جای چرب نگهش داری، بالاخره در می‌رود و بازی از تو می‌خواهد، مدام تلاش کنی و دست‌های نیرومند ذهن را ورزیده‌تر به کارگیری. مثل همان عصر که پدر زودتر برگشته بود و دست‌های تاول زده اما ورزیده را به کارگرفته بود و با نهایت توان کتک‌شان زده بود.

باران -نرمه‌های آب دهن دیوانه وقتی تند حرف می‌زند- روی زمین می‌ریخت. رمق نداشت. کبوتران کزکرده بودند و کاغذها را شماره می‌کردند. ورق می‌زد. ایده‌های پراکنده، اینجا و آنجای فکرش لانه کرده بودند. یکی‌شان تخم کرده بود و بعد آشیانه را رهاکرده بود. سطح سفید تخم، در اندوه پرتلاطم مصائب روزگار، خوب دوام آورده بود اما سرد بود. اگر می‌شکستیش زردی مچاله شده گوشهٔ انحنای سفید، سفت شده بود. چطور می‌توانست به چیزی یا موجودی زنده تبدیل شود. محال بود. اما همین که سفیدی بود، انگار سفیدی اسب اما نه آغشته به خون، چراغی بود که می‌توانست لااقل از لای ابرهای پراکندهٔ اندوه که شانه‌هاش راگاه می‌لرزاند -کورسوی فانوس در پس زمینهٔ درخت و باران و مه- تشخیصش داد و گمش کرد. همین تشخیص دادن و گم کردن و دوباره تلاش برای یافتن وادارش می‌کرد دریابد به حتم زنده است.

«زنده بودن مگر چیست جز با سماجت پنجه به صخره کشیدن؟». گاهی وقت‌ها صخره همین برخاستن‌های مداوم است که رمق آدم را می‌مکد. خانم، سال‌ها بود که صخره راگم کرده بود. «آب برایم بیاور». زندگی آیا در همین دم و تنها در همین دم نهفته است. همین آب، همین سیلان که در چشم‌ها، با پلک‌ها که ازکهولت سن چیزی نمانده مردمک‌های خیس و براقش را یکسره -شنی که برگیاه کویری بوزد- بپوشاند و به یکباره محوکند، آری همین چشم‌ها، درخشش تیره، لحظه‌ای به برق باقی مانده از نورگذرا به لیوان چشم دوخت -کشتی‌گیری که بدنش ناگهان خالی کند- آرام گِردیِ پنهانِ روی هوا را دور زد و وقتی به کپسول و قرص‌های رنگ رنگ کف دست خیره شد بی‌آنکه لیوان آب را ببیند، گوشت‌های پف کردهٔ زیر پوست، دور لیوان حلقه زد و آب را نوشید. «اوووف». خانم همیشه بعد از نوشیدن آب، اووف ممتدی سر می‌داد که ترکیبی از آه و صدای طوفان در دوردست بود.

لیوان را برگرداند و دوباره نیم‌خیز -صخره‌ای مایل به شمال از طرف سر، که کلهٔ عقابیش را جلو آورده باشد- پای راست که آویزان بود از تخت را برگرداند طرف بالا، با دم خروشناک -به رنگ سرخ فیلی و عناب گون که روی حیاط ریخته بود و برگ‌ها را هم رنگی کرده بود -منتها به قاعده و محبوس در رگ-.

خون روی ناخن‌هاش پاشیده شد. هفتهٔ پیش آنها را کوتاه کردم. لبهٔ تیز ناخن‌گیر به ناخن که فشار می‌آورد گزگزش می‌شد و لرزشش اگر چه در پا کم بود اما روی شکم به موج‌های وحشی می‌مانست و خیال می‌کردی گرازها به بیشه‌ای سرد و انبوه از پوست‌های روی هم غلطیده حمله‌ور شده‌اند.

«پنجره را ببند». سرما روی خوش نشان نمی‌داد. خوکچه‌های بازیگوش برف درخت‌ها را می‌جویدند و پوست قهوه‌ای یا اخرایی شاخه‌ها، به سفیدی شنگرف تیره می‌گرائید، نوعی سفیدی تند -ادویه‌های هندی مثلن زنجفیل- که جای عطر تیز، رنگ‌های آفتاب‌پرست‌های دمدمی مزاج را به چشم می‌آورد و با اینکه پاسی از شب گذشته بود، جرقه بازی آخرین جشنی که شهر را به وجد می‌آورد،

با صداهای خفیف وگاه مهیب و ترکیدن بغض‌ها که از زمین به آسمان شلیک می‌شد، هنوز ادامه داشت.

صدای شتابان آنکه از پله‌ها پائین می‌رفت وادارش کرد رو به سیاهی چشم بازکند -جهش برق‌آسای جنبشی ناشناخته و ناگهانی- ذهن به تکاپو افتاد و به خاطر آورد عقربی را که توی طویله وقتی نوجوان بود پیدا کرده بود و با انبرگرفته بود و انداخته بود توی شیشه و درش را بسته بود.

سیاهی عقرب همان سیاهی قبل از تصویر بود. اول آن سیاهی را دیده بود و بعد جایی از خاطرش لای آن همه کبودی انبوه سَرخورده، خودش را دیده بود توی طویله که گاوها سنگ‌های نمک را لیس می‌زدند. صدای بستن در، بی‌ذره‌ای توجه از طرف گاوها، منعکس شد، توی راه‌پله پیچید و بی‌رمق با صدای خروپف خانم درآمیخت و خاموش شد.

گاوها حتا به خروپف‌های پر از گره‌های کور خانم، که هر شب چون پارچه‌های رنگارنگ توی ماشین‌های پرهیاهوی نساجی به هم بافته وگاه تار یا پودش پاره می‌شد، تا بعد از سکوت که نتیجهٔ چرخش کُند از پهلو به پهلوی دیگر بود، دوباره هیاهو از نو آغازکند، بی‌تفاوت بودند.

از وقتی به این آپارتمان آمده بودند او می‌توانست خروپف‌های خانم را با گوش‌هایش بخواند. تاریک‌ترین جای حافظه به وسیلهٔ همین خروپف‌ها به صدا درمی‌آمدند وگاه زوزه می‌کشیدند. هر دم و بازدم که هنگام عبور از حنجره به صدایی تبدیل می‌شد، لرزش صدا، سیلان دم و بازدم از دهان و دماغ یا تجسم شکل‌شان وقتی می‌لرزیدند، تُن صدا، زیر و بم و آونگ‌های جاندار و کشدارش، همه و همه، سرشار از واژه‌هایی بودند -ماهی‌های چموش توی رودخانه- که لایه‌های سیال و پُر پیچ و تاب آب روی آن‌ها می‌غلطید و همان کورسوی فانوس در پس زمینهٔ درخت و باران و مه، سیر و نیم‌سیر پیدا و پنهان بود، اما وقتی صید می‌شد، پوست فلس‌دار واژه‌ها، زیر نورکشف کلمه، پُر تلالو و سرزنده، بالا و پائین می‌پرید و انحنای بدن

ماهی، اگر در هوا ردی از خود بر جا می‌گذاشت، کتابی از منحنی‌ها و سهمی‌های درهم رونده تداعی می‌کرد. چند ماه فقط طول کشید تا الفبای خرویف‌ها را کشف کند و بعد جملات یکی پس از دیگری به سخن درمی‌آمدند.

«پدرسوخته تو که همه چیز را می‌دانی، نکند توی خواب حرف می‌زنم». خانم روی دندهٔ چپ غلطید و جای گود توی متکا که قدر لانهٔ یک جفت قرقاول فرو رفته بود خیس خونابه بود. زخم پشت سرش که دهن باز می‌کرد یا خمیازه می‌کشید، لکه‌های ترشحات سفید و سرخ - ماه‌گرفتگی روی پوست - نقشهٔ کشوری نامعلوم را روی پارچه که گل‌هاش، به ویژه جاهایی که بیشتر سر سائیده بود و انگار زیر آفتاب سفید شده بود، اما نه سفیدی تمیز و یکدست، بلکه چرکتاب - ترسیم می‌کرد.

هربار که زخم دهن باز می‌کرد، مرزها روی هم می‌غلطیدند و جابجا می‌شدند. صبح که سپیده، ازگوشه‌های آسمان پیدا و پنهان بود، دوباره رو به‌روی درخت نشست. پدر دغدغهٔ درسش را داشت. می‌ترساندش. «می‌خوای مثل مادرت خدمتکار خانه‌های مردم بشوی؟». دهان فقر و فلاکت - دهان آدمی که شب تا صبح بیدار باشد و لام تاکام حرف نزند - بو می‌داد. این بو قلاده‌ای بود که آدم را رام می‌کرد. دورگردن حلقه می‌زد و روی صورت چروک‌های عمیق حفر می‌کرد.

لحظه‌ای سایهٔ اخرایی را روی برگ‌ها دید. اگر نبود آن حیوان چسبیده به پشت سرش که چندشش می‌شد - مهره‌ای که هی در می‌رفت و حواسش را پرت می‌کرد - از این همه تنهایی و ترس دیوانه شده بود.

«چرا اخراجش کردند؟» جمله جوری تلفظ شد بین واقعیت و خیال - سوارکاری که در بیابان خاکی می‌تازد و غبار پشت سرش وهم و واقعیت را در هم می‌آمیزد - درست مثل حالت های پراکندهٔ ذهن بین هوشیاری و خواب، کنار ساحل - مرد شبح‌گون با عضلات ورزیده حداقل ده بار بهش تجاوزکند و بعد با مقداری آذوقه رهایش کند -.

سوارکار محو شد و بعد از طرف دیگر، جایی که بیابان بود و خیلی دور بود،

دوباره -نقطه‌ای سیاه- نمایان شد و نزدیک و نزدیک‌تر شد تا رسید به درخت خرمالو. از اسب پرید پائین و با کف دست چند ضربه به کپل اسب زد و افسارش را داد دست نگهبان.

تا پیرمرد بار اول اسب را دور طویله بچرخاندکه عرقش خشک شود، آن مرد سوار ماشین شد و رفت. «این اسب پیر شده است دیگر، هرچی دم دستت آمد، بده بخورد».

شب به نرمی طویله را فرا می‌گرفت. پیلۀ ابریشمی رها، شبق‌گون در سایه-روشن رعب‌آور این همه آلونک. «بیداری مثل بدن آدم می‌ماند. فقط مال خودت است». رفت روی تخت ایستاد. خواست بالای دیوار بنویسد «حقیقت حیوان را نمی‌شناسیم، بلکه سببی را می‌شناسیم که دارای خاصیت ادراک وکُنش است» که پاش خورد به رادیوی نگهبان. رادیوکه افتاد، خانم لحظه‌ای مکث کرد، جابجا شد و بعد خروپف‌ها -غازهایی که روی آب اول می‌دوند و بعد پرواز می‌کنند- آهسته شروع شد و بعد اوج گرفت.

~

لایهٔ طوفان

«می‌خواهم پروازکنم، بیا با هم پروازکنیم». آب زیرگل‌های پلاسیده، گندیده بود. انعکاس نورآفتاب توی ظرف شیشه‌ای، نه تنها ذرات جدا شده از ساقه‌ها به ویژه آن‌ها که سبک‌تر بودند و توی شیشه به کندی حرکت می‌کردند را بیشتر به چشم می‌آورد، بلکه کدر بودن آن را -نقطه‌ای که نویسنده در انتهای سطر می‌گذارد- ملموس‌تر می‌کرد.

نورکج بود و تا روی ابروهای خانم تابیده بود. چاقوی تیز اما درخشان، بخیهٔ بالای ابرو را روشن می‌کرد. جایی‌که پوست به قدر نصف انگشت اشاره لهیده شده بود -کسی ماهی پوسیده را با دست پُر زور فشرده باشد و بعد باقی ماندهٔ آن را روی پوست بالای ابرو بکشد-.

«چسبناکی‌اش هنوزآزاردهنده است». ماه عسل جهنم‌شان شد. توی کشتی

که نشستند دلشوره امانش را برید. اول چند بار عق زد. شوهرش، جوان شق و رق، قد بلند، با چشم‌های ریز اما نافذ نگاهش کرد. شیفتهٔ نگاه‌های ژرفش بود. همان نگاه که اول بار، به او این جسارت را داده بود که عشق بورزد -توله شیری که آغاز و انجام اولین شکار خود را در پس زمینهٔ پیروی از قدرت غریزی‌اش، الگویی کند تا بر انکشاف آن بیافزاید، دویدن، نفس نفس زدن، حرکات شکار را پیش‌بینی کردن، تعقیب و جست‌های ناگهانی، و در یک حرکت غافلگیرکننده که دقیقن در همان زمان که باید بیافتد اتفاق می‌افتد، با این تفاوت که آن نفوذ بی‌کران یک‌بار برای همیشه رخداده بود و الگویی که در ذهن -شعله‌های آتش، بی‌شکل اما هر بار با طرحی جدید- برافروخته شده بود، حرارتش را از همان نگاه نافذ می‌گرفت.

«برای دریا زدگی داری عجله می‌کنی؟». در برابر پهنهٔ آب‌های بی‌کران و هوای گشودهٔ بالای سرکه با منقار مرغان دریایی شکافته می‌شد، احساس عجز می‌کرد. «دریا بوی خون می‌دهد». خواست که بر خودش غلبه کند. همهٔ صداها محو شده بودند. شوهرش، تاجر پرتکاپو و مدام در جوش و خروش، از این سکون خیره به جای نامعلوم حرص می‌خورد.

کشتی خرناسه‌ای کشید و تکان خورد و به حرکت درآمد.

«بازی اما به جاهای خطرناک کشیده می‌شود، می‌دانم». غروب که شد، ساحل -کودکی که مادرش راگم کند- محو شد و هرچه بود بدن عظیم‌الجثه‌ای از تیرگی مایل به سبز بود که شبتاب‌های بازیگوشِ انعکاس نور در آب او را می‌جویدند و پوست قهوه‌ای یا سبز تند موج‌ها، به تیرگی می‌گرائید و نوعی پرهیب فریبنده را -انبوه مدفوع پرندگان شکاری که جایی کُپه شده و پوسیده باشند وگاه رنگ‌های جِربا روی پارچهٔ مخملی ملیله دوزی زیر نور مهتاب غلت می‌خورند- به خاطر می‌آورد.

«بیداری حقیقتن دلهره‌آور است». با اینکه یک ساعت مانده بود به سرشب، از پنجره می‌دید جمعیت روی عرشه گرد آمده‌اند وگله‌گله جشن گرفته‌اند. صدای جمعیت خفیف وگاه صدای موج‌ها مهیب بود. هوا نه گرم و نه سرد بود و نسیم

ملایم بهاری شوق خوشگذرانی‌های اینچنینی را دوچندان می‌کرد. میان این جماعت درهم لولیده، دختری با شنل اخرایی که تنهاگوشه‌ای ایستاده بود بیش از همه جلب توجه می‌کرد.

شوهرش کمک کرد تا چند پله پائین بیاید و روی عرشه که رسید، خانم دست روی دلش گذاشت جایی که دلشوره -اولین جوشش چشمه از زیر سنگ- تسخیرش کرده بود. سر روی شانهٔ شوهر گذاشت و نفس عمیق کشید. قدری رایحهٔ ادکلن که با بوی بدن شوهرش قاطی شده بود، آرامشش داد. «:~ نام روان نه از حیث جوهر آن، بلکه از این لحاظ که سازمان بخش بدن‌هاست، بر آن می‌افتد و از این رو بدن نیز در تعریف آن به کار می‌رود».

چند جوان آن طرف‌تر ایستاده بودند و نقشه می‌کشیدند دختر را تور کنند. یکی از آنها وقتی خواست به طرف دختر برود، اولین کوبش موج چنان سهمگین بود که پسرک از جا بلند شد و پرت شد طرف خانم.

رد خون که روی آب بود از ماه ریخته بود و اسب‌های رم کرده -موج‌های خروشان بلند یکی پس از دیگری بر تن صخره‌ای کشتی فرود می‌آمد و رمقش را می‌مکید- جغجغه‌ای در دست کودک، سهل و بی‌خیال -و به این طرف و آن طرف پرتابش می‌کرد- را هم رنگی کرده بود.

«تلاش برای نگاه داشتن تصویر در ذهن جانکاه است». دست روی ابروش کشید که حالا آب شور و تلخ می‌سوزاندش. خون و آب قاطی بود. مدام سعی می‌کرد آخرین تصویر از شوهر را به خاطر بیاورد آنقدر که گاهی از شدت تمرکز، ذهنش از جا در می‌رفت.

زیر بار این همه تنهایی و سیاهی و آب‌های بی‌کران از هوش رفت. باران -نرمه‌های آب دهن- روی دریا می‌ریخت و آب، بعدِ طوفان رمق نداشت. فکرهای پراکنده توام با اندوه و ترس اینجا و آنجای ذهنش لانه می‌کردند و هر چیز که بر آب حتا دوردست روی سطح مواج زیر نور مهتاب بالا و پائین می‌شد،

بارقهٔ امیدی بود که به زودی از جنب و جوش می‌افتاد.

آخرین بارقه ساق سفید زنی بود که روی آب شناور بود. انحنای سفید، سفت شده بود. کشیده و خوش‌تراش، با فلس‌های درخشان اما بی‌جان، لحظه‌ای نمایان و بعد لای پیچش ملایم آب گم شد -انحای خیال انگیز، پیلهٔ ابریشمی رها در سایه‌روشن مدهوش کنندهٔ مهتاب و این همه آب-.

همین تشخیص دادن و گم کردن و دوباره تلاش برای یافتن وادارش می‌کرد دریابد به حتم زنده است و می‌توانست دمی بر هراس خویش فائق آید و چشم‌های ریز نافذ را جستجو کند. وقتی دوباره به هوش آمد، آن تیله‌های ریز سیاه را جستجو می‌کرد و خروپف‌هایش تحریردار می‌شد و طنین صدای کبک‌ها را هنگام جفت‌گیری به خود می‌گرفت.

ذغال انبوه روی آب آوار بود و اثر از کشتی غول‌آسای صخره‌ای نبود. لحظه‌ای سایهٔ اخرایی را روی آب دید و وقتی از خواب پرید -جایی که لابد آنقدر جلو رفته بود تا دریابد به راستی ساقِ برهنه زنده است یا آب تکانش می‌دهد- خواست که پارچ بالای سرش را بردارد که دستش خورد و پارچ افتاد.

«خانم چرا من را صدا نکردید، چرا خودتان را آزار می‌دهید» اول چرخید و بعد توی تاریکی، که مژه‌هاش را پوشانده بود -دماغهٔ کشتی با آن همه عظمت، تکه شده و زیر پیلهٔ لحاف به چانهٔ پروانه‌ای خوش‌تراش دگردیس شده بود و حتا کهولت سن هم نتوانسته بود از جذابیتش بکاهد- نیم خیز شد.

آنکس که از پله‌ها به شتاب رفته بود، در ساختمان را آهسته بازکرد و طوری از پله‌ها بالاآمد که کسی متوجه آمدنش نشود. شب نشت می‌کرد و جرقه بازی شاد کم‌کم فسش درمی‌آمد. کسی چه می‌دانست بعد آن همه شادی، جنگ، بختکی خواهد شد که ذرات فاسدش را روی شهر ویران خواهد کرد.

امروز اسب را آورده بودند بیرون و افسارش را به درخت خرمالو بسته بودند. همان طور که به خانم کمک می‌کرد روی تخت بنشیند، می‌اندیشید زندگی آیا در

همین دم و تنها در همین دم نهفته است. همین سفیدی چشم، همین شرابه‌ها که در چشم‌ها، با پلک‌هایی که از کهولت سن چیزی نمانده مردمک‌های خیس و براقش را یکسره -تلخی خالی از عاطفه که بر شنل اخرایی آوار شد- بپوشاند و به یکباره محو کند، آری همین چشم‌ها، درخشش تیره.

لحظه‌ای به برق باقی مانده از تکه‌های شکستهٔ پارچ خیره شد. مادرش هر چیز را کم و بیش تحمل می‌کرد جز شکستن ظرف را. «درس که نمی‌خوانی، پدرت هم که پول ندارد، با این حواس پرتی خدمتکار هم که بشوی بعد یک روز پرتت می‌کنند بیرون». مادر خم شد -نوزادی را به سینه چسبانده باشد و دولا شده باشد تا شیر خوردنش را ببیند- قطعات شکسته را جمع کرد. دستش برید و خون همان خونی بود که روی برگ‌ها ریخته بود، و کپل اسب سفید را هم رنگی کرده بود.

خون از روی ناخن‌هاش روی سنگفرش دوید. جمعیت کم کم بیشتر می‌شدند. دست‌های لاغر کشیده داشت که پوست پوست شده بود و پوست به استخوان‌هایش -انگشت توی بادکنک کرده باشی- چسبیده بود و زرد بود و خون، اسفنجی بود که کسی شاتوت لهیده را با دست پُر زور فشرده باشد و بعد دست را روی سنگ قبر کشیده باشد و پاک کرده باشد- چسبناکی‌اش هنوز آزاردهنده بود. «یک مقدار غذا آورده‌ام اگر سرد شده گرمش کن». تمام شب بیدار بود برای پروراندن آن تصویر که جایی بین چشم و سقف جابجا می‌شد. «دوماه است که تکالیفت را نمی‌نویسی. توی کلاس به تخته سیاه خیره می‌شوی و سوال معلمت را جواب نمی‌دهی».

لوله‌کش، که همسایه پائینی روانهٔ خانه‌شان کرده بود، جوانکی بود که از حرکات و احترام‌های مصنوعی‌اش می‌شد فهمید چند ماهی بیشتر نیست کارش را شروع کرده است. در را باز کرد، جوانک شوکه شد. آب تا مچ پا بالا آمده بود، جوانک مِن‌مِن کرد و بعد کفش‌هاش را درآورد و داخل شد. پایه‌های تخت خانم تا ده سانت به راحتی در آب فرو رفته بود.

خانم -تودهٔ عظیم چربی‌های روی هم غلطیده - به پهلو چرخید و نیم‌خیز،

صخره‌ای مایل به شمال از طرف سر، که کلۀ عقابیش را جلو آورده باشد، بعد پای راست که توی آب غوطه‌ور بود را برگرداند به طرف بالا، با واریس‌های پراکندۀ سرخ فیلی.

چشم‌هایش را بست و شامه‌اش را تیز کرد و هی سگی بود که بوی غریبی را گم کرده باشد اما اکنون نه خود بو، بلکه لمحه‌ای بی‌رمق از آن به قدر جای نوک گنجشک روی پوست پرتقال یا کمتر، گس، تلخ و مردانه در دوردست‌ها می‌درخشید و او بو می‌کشید.

همسایۀ پائینی هنوز داد و بیداد می‌کرد و اواخر فقط فحش می‌داد. آب از پشت تخت فوران می‌کرد. جوانک فکر کرد لوله از پشت تخت ترکیده است. نزدیک تخت شد و خواست پشتِ تاجِ تخت را وارسی کند که بوی ادکلنش این‌بار بیشتر از نوک پرندۀ عبوری، قدر بال زدن دُرنا، مشام خانم را آکند و به خاطر آورد چگونه بوی ضمخت آب‌های متلاطم، آشیانۀ آن رایحۀ مردانه را که توی یخۀ سفید لانه کرده بود، متلاشی کرد.

تنها او بود که می‌دانست همۀ لوله‌ها سالم هستند و این همه آب، از خواب‌های خانم توی خانه سرریز شده‌اند. شوری آب و «فرشته‌کوسۀ» بزرگ که کف اتاق را پر کرده بود، گواه همین ادعا بود. آب تا زیر علوفه‌ها و کپه‌های نان خشک و گل‌های پژمرده رخنه کرده بود. جوانک اول ترسید بعد فکری به ذهنش آمد. یک تکه شلنگ از جعبه ابزار بیرون آورد، یک سرش را توی اتاق گذاشت و سر دیگرش را داخل مستراح برد و مک زد.

آب، شور و تلخ بود و اول بار پرید توی گلوش. چند سرفه کرد و آب جمع شده توی حلقش را تف کرد توی کاسه توالت. دوباره مک زد و وقتی آب جریان پیدا کرد، سر شلنگ را داخل چاه گذاشت. هرچقدر آب کمتر می‌شد، فرشته‌کوسه بیشتر بالا و پائین می‌پرید. بالا و پائین پریدنش مثل وقتی بود که گوسفند یا گاو یا اسب را سر ببرند. همیشه به اسب و گاو و گوسفندها کاه و یونجه نمی‌دادند.

خیلی وقت‌ها، وانت‌هایی را می‌دید که عقب‌شان، کاغذ باطله و نان خشک یا حتا دسته‌گل‌های لزج را که از قبرستان جمع کرده بودند، بار زده‌اند.

آن‌ها را کنار تپه‌های علوفه خالی می‌کردند و پیرمرد به تدریج با کاه و یونجه به خورد حیوانات می‌داد. توی آخور چند تکه سنگ نمک هم می‌انداخت که گاوها با ولع لیس می‌زدند. هر بار که وانت می‌آمد و خرت و پرت‌ها را خالی می‌کرد، در عوض مقدار کمی کود بار می‌زد و می‌رفت.

نزدیک خرت و پرت‌ها که می‌شد، به ویژه زمان‌هایی که دسته‌گل‌ها قاطی کاغذها و نان‌های خشک بود، بوی کپک، پلاسیدگی و عطر در هم می‌آمیخت. گاهی وقت‌ها لای نان‌ها غذاهای دیگری هم بود، گوشت کوبیده، پنیر و املت.

کنار کپه‌های دیوار پشتی طویله، جایی که چند سگ هم پاتوق کرده بودند، به دیوار، چنگک فلزی سرد و براق، پیچ شده بود. گوسفندها را ذبح می‌کردند و بعد پوست‌شان را باد می‌کردند و بعد اینکه پوست‌شان را می‌کندند و روی زمین پهن می‌کردند، از پا به همین چنگک آویزان می‌کردند و اول چیزی که از لای پوست سفید و بدخشان گوسفند ـ انجیری بود که به تازگی شکفته است ـ متولد می‌شد، کیسۀ متورم و انباشته از زردی بود که نشان از آخرین جویده‌های حیوان داشت.

~

لایۀ مدرسه

~

«:~کبوتر سبکبال که هوا را در پروازِ آزادانۀ خود می‌شکافد و مقاومت آن را حس می‌کند، می‌توانست این تصور را بیابد که پروازش در فضای تهی از هوا بسیار آسان‌تر است». گاه می‌شد تا سه روز نخوابد و پلک‌هایش ـ کرمی متورم شده از وحشت ـ بیداری، فوران قدرتمند تخیلی بود که در برابر رویا مقاومت می‌کرد. آن جاهایی از شمعدانی‌ها که هنوز سالم بودند را قلمه زد. «خودت هم دیگر پیر شده‌ای، یک زن جوان باید استخدام کنم مراقب هر دومان باشد». لنگان لنگان داروی خانم را تا دم تخت آورد. زیر آفتاب کج، چشم‌هاش نیمه باز بود و انگار صدف‌های دریایی، روی شن‌های پولکی ساحل، طلایی، نقره‌ای، خاکستری، به ویژه وقتی روی ابروهاش رنگ می‌گذاشت، شاد و قبراق به نظر می‌آمد اما دیری نمی‌پائید اندوه که کلاغ سیاه بود همان جا آشیانه می‌کرد و او چشم‌هاش را می‌بست.

سال‌های متوالی خانم این قدر که زخم بستر نگیرد، راه رفته بود. یکی دو سال گذشته، چاق شده بود طوری که روی تخت توی تاریکی خیال می‌کردی تخته‌پاره‌های کشتی، ناموزون روی هم سوار شده‌اند.

ارث پدری چاه نفت هم که باشد بعد پنجاه سال ته می‌کشد. اسباب‌کشی و آمدن توی آپارتمانی که دو اتاق و یک آشپزخانهٔ کوچک داشت و مستراح و حمامش یکی بود، آن انگیزهٔ گاه‌گاه قدم زدن توی ایوان یا حیاط خانهٔ قبلی را کور کرده بود. مادرش بی‌جنب و جوش توی حیاط ایستاد و فقط وقتی آینه شمعدان از دست پدر افتاد و شکست، سخت تکان خورد و باز خیلی زود به مدار همان حالت بی‌تفاوت قبلی بازگشت. وسایل خانه را کم‌تر از نیم‌ساعت عقب وانت بار زدند. تنها دلخوشیش کتابخانهٔ کوچکی بود که از خیلی وقت پیش با تکه چوب‌های جعبهٔ میوه درست کرده بود.

چوب‌ها را به زحمت از جاهای مختلف پیدا کرده و تکه تکه به هم چسبانده بود. کتابخانه این قدر بود که حداقل ده بیست تا کتاب توش جا بگیرد. کتابخانه و کتاب‌هایش را اول با روزنامه و بعد با طناب نازک بست. پدر به راحتی آن را بلند کرد و عقب وانت گذاشت. رفتن به حاشیهٔ شهر برای او که دختری سیزده چهارده ساله بود، اندوهگینش می‌کرد.

خانهٔ جدیدشان آلونکی بود که در دل راه‌های خاکی و باریک و تُو در تُو -با گله‌گله تپه‌های زباله و نخاله‌های ساختمان و سگ‌های ولگرد- ساخته بودند و وقتی می‌خواست به درخت زل بزند مجبور بود به بیابان پشت آلونک‌ها برود که یک طویلهٔ بزرگ پر گاو و گوسفند هم دورِ جای آن ساخته بودند. محوطهٔ وسیع با اتاقک گلی محقر و دلگیر که نگهبان پیر آنجا می‌خوابید.

روی سنگ می‌نشست و به درخت خرمالوی جلوی اتاقک که هنوز از چراغ‌های سرخ و گِس با ردی از نوک پرندگان -ریسه‌هایی که موقع باریدن باران ترکیده باشد- مراقبت می‌کرد- نگاه می‌کرد. آدم‌های جدید، جای جدید و مدرسهٔ جدید. بیش

از همه این آخری آزارش می‌داد. کبوتران کزکرده بودند و کاغذها را شماره می‌کردند.

از پشت پنجره می‌دید ناظم پرونده را نشان مادرش می‌دهد و ورق می‌زند و چیزهایی می‌گوید. دو ماهی از ثبت‌نامش نگذشته بود که مدیر عذرش را خواست. مادر وسط حیاط مدرسه زمین را نگاه می‌کرد و بعد او را که ایستاده بود توی راهرو، با دیوارهای تاکمر سبزچرک -تاریخی از خشونت و اندوه- تا تکلیفش معلوم شود، صدا کردند.

مادر پرونده را گرفت. مقداری کاغذ بی‌ارزش بود که توی یک مقوای زشت نارنجی به هم منگنه کرده بودند و وقتی می‌خواستند در مورد آن حرف بزنند طوری حرف می‌زدند انگار لوحی از اسرار ازلی لای آن حروف و نمره‌های یکسره بی‌معنی مدفون شده است. «نگاه کردن چیست؟ چرا کسی یا چیزی را نگاه می‌کنیم یا از کسی رو بر می‌گردانیم؟». دم در مدرسه که رسیدند، برای آخرین بار برگشت و پشت سر را نگاه کرد.

ایده‌های پراکنده اینجا و آنجای فکرش لانه کرده بودند. «من مدرسهٔ خودم را دارم، مدرسهٔ من توی کله‌ام است». اول خیال کرد ماهی یا هشت‌پا پشت کله‌اش چسبیده که مثل زالو، لزج بود و لای موهاش با آب دریا قاطی شده بود. بی‌خیالی کرد و تلاش کرد خودش را روی تخته پاره‌ای که آب آورده بود نگاه دارد. «آن صخرهٔ غول پیکر که تا ساعتی پیش روی آب غوطه‌ور بود، حالا کجاست؟». خروپف‌ها خسته و درمانده ادامه می‌دادند. اگر نبود آن حیوان چسبیده به پشت سر که چندشش می‌شد و مدام حواسش را پرت می‌کرد، از این همه پرهیب و ترس دیوانه شده بود.

همهٔ شهامتش را جمع کرد و دست را خواست پشت سر ببرد که درد، کتف را قفل کرد و لحظه‌ای همان‌جا ماند و بعد آرام گِردیِ پنهانِ روی هوا را دور زد و وقتی به تخته‌پاره رسید خیره شد به انگشت‌های ظریف و کشیده‌اش.

پوست جوان و شاداب نم کشیده و چروک شده بود. از تشنگی مفرط کمی آب دریا را سر کشید. آب شور و تلخ بود و پرید توی گلوش. چند سرفه کرد و آب جمع

شده توی حلقش را تف کرد توی دریا. دلش گرفت. خواست از توی این ظلمات غلیظ بیرون برود و روی تخته‌سنگ بنشیند و به درخت خیره شود اما نمی‌شد.

پدر سرشب خبر اخراجش از مدرسه را که شنید، فکر کرد چطور ممکن است توی این شوره‌زار نفرین شده انتظار داشت نوری برآید و بتابد. تمام شب را بیدار بود برای پاک کردن تصویر آن تابلوی کوچک سفید که با حروف آبی روش اسم دخترش را نوشته بودند و زیر اسم نوشته بود: متخصص قلب و عروق.

چقدر جانکاه است زدودن تصویر از ذهن وقتی از همهٔ امیدها و بدتر از همه از معنای زندگی، رشته‌هایی به مرور زمان با دقت و وسواس به آن پیونده خورده باشند. رشته‌ها که بگسلند دیگر ماه آن ماه نیست، خورشید آن خورشید نیست، مسیرهایی که به خانه می‌آیی و می‌روی آن مسیرها نیستند، آدم‌ها آن آدم‌های سابق نیستند.

«زدودن تصویر در ذهن جانکاه است». حالا که چند ماهی گذشته بود، عصرها که کارشان تمام می‌شد قبل از تاریکی، جرات می‌کرد نزدیک‌تر برود و از لای شکاف دیوار، گوسفندها و گاوها و اسب‌ها را نگاه کند. دوست داشت جای آن زن عینکی خرفت، یکی از این گاوها معلمش باشد. تازه چشم‌های گاو از چشم‌های آن زن، زیباتر هم بود. فهمید نگهبان پیر آمده است و از کنار دیوار دارد دید می‌زند. بی‌توجه به نگهبان اسب سفید را که امروز آورده بودند و به میلهٔ داربست بسته بودند نگاه کرد. نگهبان نزدیک شد. بی‌آنکه کلامی بگوید اول کنارش ایستاد بعد دست روی موهایش کشید و وقتی به گردن رسید همان‌جا نگه داشت. رشتهٔ باریکی از درد و لذت و ترس به نازکی یال مادیان از زیر دست نگهبان در امتداد ستون فقرات -زیر پوست به سفیدی کپل اسب، اولین جوشش چشمه از زیر سنگ- شروع به قل قل کرد و حالا همهٔ جای بدنش را تسخیر کرده بود. نمی‌توانست جُم بخورد.

مدام سعی می‌کرد آخرین تصویر از اسب را به خاطر بیاورد آنقدر که گاهی از شدت تمرکز، ذهنش از جا در می‌رفت -دکل کشتی که از جا در برود، با بادبان‌های

برافراشتهٔ.

باران، نرمه‌های آب دهن، با شدت روی پنجره رج می‌زد و بوی پهن دوچندان شده بود. خروپوف‌های تحریردار، گاه زیر و گاه بم، با لرزش‌های ناگهانی که این اواخر ـ لایه‌های پوست گردن گاو که روی هم می‌لغزید ـ اضافه شده بود.

از این بالا مردم را می‌دیدند که جمع شده بودند و انتظار می‌کشیدند هر دو به پائین سقوط کنند. اما آنها می‌خواستند پرواز کنند. وقتی خودشان را کامل لبهٔ پنجره آویزان کردند، برای لحظه‌ای نگاهش را برگرداند. دید شمعدانی‌ها پلاسیده‌اند. جنازهٔ فرشته‌کوسه، متلاشی و متعفن زیر فوج مگس‌ها ته اتاق نامعلوم بود و با کوچک‌ترین حرکت، مگس‌ها در هوا به پرواز درمی‌آمدند.

اتاقش را به خاطر آورد که نوشته‌های پائین دیوار را آب شسته بود و بالاتر که نم کشیده بود کلمه‌ها در هم شده بودند و پوست جوهری واژه‌ها با نم‌وری و نمک، محو و رو به احتضار، بالا و پائین می‌پریدند و انحنای بدن کلمه، اگر بر دیوار ردی از خود بر جا می‌گذاشت، کتابی از قوس‌ها و شکنج‌های درهم رونده تداعی می‌کرد و وقتی نوشته‌ها کتاب می‌شد، حجمی چند برابر همین کاغذها که خوانده می‌شود، به خود می‌گرفت.

از این بالا مردم را می‌دید که آن مردم نبودند. مسیرها آن مسیرهای همیشگی نبودند، خورشید آن خورشید همیشگی نبود و درخت‌ها آن درخت‌های همیشگی نبودند.

آنها می‌خواستند پرواز کنند. خدمتکار نگاهی به آسمان انداخت و نگهبان را دید که دو شاخ گاو روی سرش بود و بدنش بدن گوسفند بود و کپلش، کپل اسب. ابر ستبری آمد و نگهبان توی ابر فرو رفت و ناپدید شد. بعد پدرش را دید که بدنش ذرات معلق با چگالی کم، تنها به اندازه‌ای که بشود تشخیصش داد، محو و نمایان بود و یک شاخه گلایل تر و تازه در دست داشت و با هر وزش باد ذراتش پراکنده می‌شدند و دوباره به هم نزدیک می‌شدند. مادر کنارش ایستاده

بود و توی مشتش شاتوت‌ها آواز می‌خواندند.

در برابر پهنهٔ باغ و هوای گشودهٔ روبه‌رو که با صدای جیرجیرک‌ها شکافته می‌شد، احساس خوش‌آیند داشت. بعد پنجاه سال بر خودش غلبه کرده بود. همهٔ صداها محو شده بود. شوهرش را به خاطر آورد که در شمایل ابر نگاهش می‌کرد. خانم خرناسه‌ای کشید و اول تکان خورد و بعد به حرکت درآمد. خیابان -کودکی که مادرش را گم کند- در هیاهو محو شد. تخم شکست و جوجه که تکه گوشت بی‌پر بود روی سنگفرش افتاد و گاه تکان می‌خورد.

تابستان، طویله پر بود از زبری مگس‌ها -توده‌هایی انبوه بر بدن صخره‌ای اسب‌ها- می‌نشستند و با حرکات دُم -هنگام که موج به صخره یا بدنهٔ کشتی غول پیکری برخورد کند و پودر شود- درهوا متلاشی می‌شدند.

موج‌ها برای این به عقب بازمی‌گشتند که با قدرت بیشتر به جلو پرتاب شوند. وقتی نگهبان حیوانی را ذبح می‌کرد، وزوز مگس‌ها روی خون دوچندان می‌شد. مگس‌های طویله از جنس مگس‌های خانهٔ قبلی نبودند. پروازکه می‌کردند و روی خون می‌نشستند، سبز آبی ملایم پشت سرشان بیشتر به چشم می‌آمد. «:~اگر موضوع خود را با قوهٔ شهود سازگارکند، آنگاه این توانش را سخت نیکو می‌توان به تصور درآورد.» مثل آن روز عصر که وقتی روانهٔ طویله شد، دید نگهبان و یک مرد غریبه پاهای اسب را بسته‌اند و روی زمین خوابانده‌اند. اسب، گردن بلند می‌کرد و شیهه می‌کشید، نگهبان روی سنگ چاقو تیزکرد و بعد گردن اسب را تا نزدیکی یال‌ها برید. خون به دیوار طویله فواره زد و جنبش تودهٔ ابری سفید روی آب‌ها دوچندان شد و چند بار پاندول‌وار به این طرف و آن طرف پرتاب شد و سرآخر چشم‌هاش بی‌حرکت بازماند و با ضربه‌ای ناشناخته از هم متلاشی شد.

این حرکت پاندول‌وار همان حرکتی بود که شب‌ها به تاریکی خیره می‌شد تا جای مناسب تصویر را بین چشم و سقف مشخص کند -شی‌ای که جلوی دوربین مدام محو و نمایان شود- تا بتواند به وضوح ببیندش. با این همه تصویر مدام از

جای خود در می‌رفت به ویژه آن زمان که ریتم روایت در خروپف‌های خانم شدت می‌گرفت و همهٔ این‌ها مثل تار و پود به هم بافته می‌شد و کار به اینجا که می‌رسید، تصویر به جمله‌هایی در ذهن تبدیل می‌شد که در دل هم زاده می‌شدند و باردار زمان‌های ملون بودند و خروپف‌ها در ذهن او به کلامی بدل می‌شد که برای دیگران قابل فهم بود.

سپیده دم رمق نداشت. کبوتران کز کرده بودند. گاو بزرگ دوباره دم تکان داد و کوبش سهمگین بر بدنهٔ کشتی فرود آمد. چرا در این لحظهٔ وحشتناک باید قرمزی کاناپه‌ای را به خاطر آورد که اول بار شوهرش را توی مهمانی روی آن دیده بود. مرد نگاه نافذ را که از شیار آن چشم‌های ریز سیاه ساطع می‌شد از روش برنمی‌داشت. اول آزارش می‌داد.

لباس ابریشمی طلاکوب که پدرش از فرنگ آورده بود را پوشیده بود. منگوله‌های طلا با شیارهای عاج قد دانه‌های عدس، زیر نور مجلل لوسترها و انعکاس آن‌ها توی سنگ‌های مرمر، جرقه بازی شادی را به خاطر می‌آورد که روی پس زمینهٔ ابریشمین برفی شهر، وقتی روی پوست جوان و شاداب غلت می‌خورد، مردمان ـ همان منگوله‌ها ـ از شادی هیاهو می‌کشیدند اما چون فاصله دور بود، صدا هم خفیف بود.

طی این سال‌ها هیچ وقت آلونک‌ها را نزده بودند. نفیر موشک از فراز آسمان که می‌آمد، آلونک‌ها می‌لرزید و به سرگرمی پیش پا افتاده و آمیخته به نکبت ساکنان، تعقیب کردن صدا هم اضافه شده بود.

خانم را دید که با دست اشاره می‌کرد، یعنی «تو هم بیا». همهٔ صداها محو شده بودند. لابد جایی برای نشستن او روی صندلی نامرئی بود. دست‌هاش را از هم گشود و به راحتی از لبهٔ پنجره به طرف ابرهای شناور پرید. همیشه وقتی به آسمان نگاه می‌کرد و خط سفید باقی مانده از عبور هواپیما را می‌دید که اول متراکم بود و بعد به تدریج پخش می‌شد، خودش را کبوتری تصویر می‌کرد که توانسته بود تا آن بالا بپرد.

اکنون با هر بارگشودن دست، مسافت زیادی توی آسمان طی می‌کرد. بی‌وزنی‌اش را دوست داشت. تعجبش از این بود که چرا مردم نگاه‌شان نمی‌کنند. عدهٔ زیادی آنجا جمع شده بودند و انگار دو تا شاتوت بزرگ که روی زمین له شده باشد را تماشا می‌کردند.

شمعدانی راکنار تخت خانم گذاشت. تخت چوبی، با تاج مرصع تنها چیزی بود که طی این پنجاه سال نفروخته بودند. تخت گوشهٔ چپ اتاق زیر پنجره، از بالا و چپ به دیوار چسبیده بود طوری که برای بستن و بازکردن پنجره، باید مثل گردن درناها، دست درازکرد قدری که کمر بر فراز تودهٔ چربی، پل می‌شد.

دایره‌های گرد لحاف مروارید دوزی شده، آفتاب به داخل که سرک می‌کشید، لخچه‌های شادی را به خاطر می‌آورد که روی پس زمینهٔ ابریشمین برفی آستر، هنگام که روی پوست چروک و متعفنش غلت می‌خورد، مردمان -همان منگوله‌ها- از حزن نعره می‌کشیدند اما چون فاصله دور بود، صدا هم خفیف بود.

طی این سال‌ها هیچ وقت تشک و لحافش را عوض نکرده بود. خانم را دید که با دست اشاره می‌کرد، «یعنی بیا». پائین تخت، میز کوچک بود که روش گلدان شمعدانی و ساعت گذاشته بودند. اتاق کناری اتاق او بود که به اتاق خدمتکار معروف بود و قدری کوچک‌تر بود با تخت معمولی، بدون پنجره و کتابخانهٔ کوچک که وقتی بچه بود با چوب جعبه‌های میوه ساخته بود.

رو به روی اتاقش مستراح و حمام بود و مقابل اتاق خانم آشپزخانه. اول طبقهٔ ششم به سرگیجه‌اش می‌انداخت به ویژه زمان‌هایی که خانم می‌گفت پنجره را باز کن. اما کم کم عادت کرد. خانهٔ قبلی با دو اتاق خواب و پذیرایی بزرگ دل‌بازبود. یکی از اتاق خواب‌ها پائین پذیرایی بود که کنارش حمام و مستراح هم داشت و خدمتکار شب‌ها را آنجا می‌خوابید. بالای پذیرایی اتاق خواب خانم بود. درِ پذیرایی روی حیاط کوچک باز می‌شد با چند درخت خرمالو و تک درخت کاج. حیاط ایوان داشت و می‌شد روی ایوان نشست و به درخت‌ها خیره شد. شب‌ها نور مهتاب

به داخل رخنه می‌کرد و صدای خروپف‌های خانم خیلی محو به‌گوش می‌آمد. اما از وقتی به طبقهٔ ششم اینجا آمده بودند، آپارتمان چهل پنجاه متری -که او را یاد آلونک دوران نوجوانیش می‌انداخت- اتاق‌ها جفت هم بودند و کوچک‌ترین صدا از اتاق بغلی را هم به وضوح می‌شد شنید.

اول خروپف‌ها آزاردهنده بودند اما به تدریج توانست معناهای نهفته در صداها را کشف کند. نزدیک یک سال فقط طول کشید تا الفبای خروپف‌ها را پیدا کند. بعد توانست -نوازنده‌ای که به آسانی از روی پارتیتور می‌نوازد- به راحتی آنها را به کلمه تبدیل کند و بر دیوار اتاق بنویسد.

دوباره خانم را از توی اتاقک نگهبانی دید که با دست اشاره می‌کرد، یعنی «بیا». شعلهٔ اجاق را کم کرد و طرف خانم رفت. خانم با چشمان وق زده نگاهش می‌کرد و حرف نمی‌زد. بوی ناخوشایند از تخت ساطع می‌شد. لحاف را که بالا زد، زردی متورم مدفوع و شاش روی تشک درهم شده بود. خورده‌های شیشه روی تخت هم ریخته بودند.

~

لایهٔ الماس

~

با خود اندیشیدم چرا بوی طویله نه تنها ناراحتم نمی‌کند بلکه چیزی از بوی طبیعت، مثل علف‌های تغییر شکل داده را هم در خود دارد. علف‌هایی که زیر پای مادر توی مدرسه له شده بود و وقتی دم در رسیدم سر برگرداندم و برای آخرین بار نگاه‌شان کردم.

از مدرسه تا آلونک یک ساعتی راه بود. در طول مسیر مادر لام تا کام حرف نزد. فقط نزدیک آلونک، به مهر دستم را گرفت، فشار داد و رها کرد. به حتم فهمیده بود که آیندهٔ درخشانی ندارم اما با غلیان مهر مادری چه باید می‌کرد؟

آلونک تنها یک اتاق بود، چیزی شبیه غار، بدون نور، نمور، که گوشه‌ای را مادر اجاق گاز و یخچال گذاشته بود. کمی آن طرف‌تر آئینه شمعدان شکسته و کتابخانهٔ من را گذاشته بود. شفق سرخ‌گون، کاکل بی‌شفقت خروسی بود که وقتی می‌خواند،

پدر حرارت کوره را به خاطر می‌آورد. اول صداهای محو می‌آمد و بعد نغمهٔ پرندگان و عوعو سگ‌ها شدت می‌گرفت و بعد صدای آدم‌ها اضافه می‌شد. آنکس که از لای آلونک‌ها به شتاب رفته بود، طوری برمی‌گشت که کسی متوجه آمدنش نشود.

شب نشت کرد و جرقه بازی شاد کم‌کم فسش درآمد. کسی چه می‌دانست بعد آن همه شادی، جنگ، بختکی است که ذرات فاسدش را روی شهر ویران خواهد کرد.

امروز اسب را آورده بودند بیرون و افسارش را به درخت انجیر بسته بودند. همان طور که به خانم کمک می‌کردم روی تخت بنشیند، اندیشیدم زندگی آیا در همین دم و تنها در همین دم نهفته است. همین آب، همین شرابه‌ها که در چشم‌ها، با پلک‌هایی که از کهولت سن چیزی نمانده مردمک‌های خیس و براقش را یکسره -تلخی خالی از عاطفه که بر پالتویی اخرایی آوار شد- بپوشاند و به یکباره محو کند، آری همین چشم‌ها، درخشش تیره.

لحظه‌ای به برق باقی مانده از تکه‌های شکستهٔ شیشه خیره شدم. مادر باقی ماندهٔ غذای خانه‌هایی که برای‌شان کار می‌کرد را می‌آورد. «من اگر خدمتکار هم بشوم، خدمتکار افکار خودم می‌شوم». هر سه شب‌ها را توی همین آلونک صبح می‌کردیم و هر یک تظاهر می‌کردیم خواب هستیم. یکبار دیدم پدر توی تاریکی دست را طرف سقف، آرام بلند کرد انگار می‌خواست توی آن مه غلیظ چیزی را با مشت بگیرد. شاید می‌خواست یخهٔ خدا را بگیرد که بعد منصرف شد و آهسته دست را پائین آورد.

مستراح و حمام بین چند خانواده، توافقی و مشترک بود. تقریبن هر سه چهار خانوداه یک حمام و مستراح مشترک داشتند که آبش از بشکه تامین می‌شد و بسیار پیش آمده بود که بعد قضای حاجت، آب بشکه ته بکشد. در این صورت نه آبی برای شستشو بود و نه هل دادن مدفوع داخل چاه. وضع زمانی بحرانی‌تر می‌شد که چند روز طول می‌کشید تا بشکه را از آب پر کنند. مدفوع روی مدفوع

تلنبار می‌شد و گاه کار به قضای حاجت پشت تپه‌ها که از نخاله‌های ساختمان درست شده بود، می‌کشید و در این صورت زن‌ها از نگاه‌ها و مزاحمت‌های معتادها و ولگردها در امان نبودند. تنها حُسن آلونک برای پدرش این بود که نسبت به خانهٔ شوفرها، به کوره نزدیک‌تر بود و در نتیجه او دیرتر می‌رفت و زودتر برمی‌گشت.

پدرش یکبار وقتی اتفاقی دید که از اتاقک نگهبان بیرون می‌آید به قصد کُشت اول او و بعد نگهبان را کتک زد. نگهبان توی اتاقک -توپ پینگ پونگ یا جغجغه در دست کودکی تنومند و بازیگوش- این طرف و آن طرف پرتاب می‌شد و آخر سر -انجیر لهیده- روی تخت از هوش رفت و خون کم رمق از جراحت‌های پوست نگهبان، پتو متکاش را رد انداخت -نقشه‌ای از کشوری نامعلوم-.

پدرش -بوکسری که بدنش ناگهان خالی کند- دست از زدن‌شان کشید و بعد رادیو را برداشت و طرف پنجره پرتاب کرد. خرده شیشه‌ها به بیرون پرتاب شدند. آن شب مجبور شد شب را تا صبح توی آلونک بغلی که برای پیرزن سیاه چرده بود و فارسی را با لجهٔ دست و پا شکستهٔ هندی حرف می‌زد سرکند. هیچ وقت پدرش را این همه خشمگین ندیده بود. حتا روزی که صاحبخانه فحش‌های رکیک داد و جلوی شوفرها که جمع شده بودند و نگاه‌شان می‌کردند، تهدیدشان کرد که اگر اجاره خانه را ندهند وسایل خانه را می‌ریزد توی خیابان.

هیچ چیز برای مادر تحمل ناپذیرتر از جمع کردن تکه‌های شیشه نبود. کفرش درمی‌آمد. «چقدر باید سوپ و پورهٔ سیب زمینی بخوریم؟». حلقهٔ طلایی توی پوست و گوشت‌های ورآمده خانم فرو روفته بود. «آئینه شمعدان‌ها و سماور ذغالی را هم بفروش». تقریبن خانه خالی شده بود. هربار که به سمساری زنگ می‌زدم، با اشتیاق چند دقیقه‌ای طول نمی‌کشید که سر و کله‌اش پیدا می‌شد. شادی‌اش را پنهان می‌کرد و از وضع خراب بازار گله می‌کرد. نگاه بی‌ارزشی به وسیله‌ها می انداخت و بز خرشان می‌کرد. اگر پول خانهٔ قبلی را کامل داده بودند و

سر خانم کلاه نگذاشته بودند، نیازی به فروختن این همه وسیله نبود.

سرما روی خوش نشان نمی‌داد. خوکچه‌های بازیگوش برف، بوته‌های کوتاه قامت بیابانی را می‌جویدند و پوست قهوه‌ای یا اخرایی آن‌ها، به سفیدی شنگرف تیره می‌گرائید، نوعی سفیدی تنبل ـ کپل گاو هنگام ذبح ـ که جای موهای نرم، رنگ‌های دم طاووس‌های دمدمی مزاج را به چشم می‌آورد و با اینکه پاسی از شب گذشته بود، بوی هیزم آتشی که معتادها گله گله اطراف آلونک‌ها برافروخته بودند همه‌شان را احاطه کرده بود. پچ پچ بعضی هاشان گاه آنقدر نزدیک بود که وادارشان می‌کرد رو به سیاهی چشم بازکنند و چون جهش برق‌آسای جنبشی ناشناخته و ناگهانی، ذهن‌هاشان به تکاپو بیافتد.

به خاطر آوردم عقربی را که توی طویله پیدا کردم، با انبر گرفتم و انداختم توی شیشه و درش را بستم. سیاهی عقرب همان سیاهی قبل از تصویر بود. اول آن سیاهی را دیدم و بعد جایی از خاطرم لای آن همه سیاهی انبوه سَر خورده، خودم را دیدم توی طویله که گاوها سنگ‌های نمک را لیس می‌زدند و نگهبان دست بر کمر و پشتم می‌کشید و من با لذت و ترس هم خوشم می‌آمد و هم چندشم می‌شد.

صدای بستن در، بی‌ذره‌ای توجه از طرف گوسفندها، منعکس شد و توی راه پله پیچید. آفتاب کج، چاقوی تیز اما درخشان، دماغ خانم را قاچ داده بود و خون، اسفنجی بود که چسبناکی‌اش هنوز آزار دهنده بود.

«ماه عسل‌مان را با یک کشتی نوستالژیک جشن می‌گیریم پدر». لحظه‌ای سایهٔ اخرایی را روی برگ‌ها دید. اگر نبود آن حیوان چسبیده به پشت سرکه چندشش می‌شد و حواسش را پرت می‌کرد، از این همه خروش و خشم دیوانه شده بود.

«چرا اخراجش کردند؟». جمله جوری تلفظ شده بود بین واقعیت و خیال یا سوارکاری که در بیابان خاکی می‌تازد و غبار پشت سرش وهم و واقعیت را در هم می‌آمیزد. سوارکار محو شد و بعد از طرف دیگر، جایی که بیابان بود و خیلی دور بود دوباره ـ نقطه‌ای سفید ـ نمایان شد و نزدیک و نزدیک‌تر شد تا رسید به درخت

انجیر. از اسب پرید پائین و با کف دست چند ضربه به گردن اسب زد و افسارش را داد دست نگهبان. اسب‌های پیر را اینجا می‌آوردند، ذبح می‌کردند و گوشت‌شان را به صاحبان کارخانه‌های سوسیس و کالباس می‌فروختند و پوست‌هاشان را قاچاق می‌کردند.

زندگی اشرافی آموخته بود که فقط کافی است افسار هر چیز را دست کسی بدهی. تاجر شق و رق جوان با کت و شلوار سورمه‌ای، کفش‌های مشکی لوییس وویتون، چشم‌های سیاه نافذ، و آدابی که ساخته و پرداخته پولدارهاست تا هر بیشتر خود را متمایز کنند، داخل شد.

دسته گل را ـ ارکیده‌های فالانوپسیس و رز سفید و سرخ هلندی که با مهارت تزئین شده بود ـ به او داد. رنگ ارکیده‌ها با کراوات ابریشمی ممزوج به طلا، ست شده بود.

گل‌ها زیبا بودند اما بو نداشتند. صدای هیاهوی خیابان خروپف‌های خانم را محو کرد و وقتی خروش خشمگین خاموش شد، خانم و مردجوان توی ایوان مشرف به باغ نشسته بودند. از داخل صدای هیاهو می‌آمد. مراسم خواستگاری بین خانواده‌ها به بازی بیلیارد و شرط بندی کشیده شده بود.

خانه‌باغ، یک استخر بزرگ وسطش بود که چند نهر کوچک از بالا به طرف استخر جاری می‌شدند و از طرف دیگر، به پائین باغ راه می‌گرفتند. استخر پر بود از ماهی‌های کوچک و بزرگ.

دور تا دور استخر با درختچه‌های کوتاه تزئین شده بود و در فاصلهٔ دورتر، درخت‌های بزرگ‌تر خودنمایی می‌کرد و به همین ترتیب تا انتها، جایی که دیوارِ باغ بود، مسیرهای مشبک با سنگ‌های سفید و منحنی رودخانه‌ها و درخت‌های جادویی پُر شده بود.

دورتادور باغ را پرتقال و نارنج کاشته بودند و اردیبهشت، عطر بهار نارنج‌ها همه جای باغ سرک می‌کشید. روی میز مزین به تزئینات عاج فیل هندی و زمرد،

میوه‌های جوروا جور مهیا بود. هواکم‌کم رو به تاریکی می‌گذاشت و جیرجیرک‌هایی که توی علف‌های کنار نهرهای باغ لانه کرده بودند، اول منقطع و بعد زنجیروار آواز می‌خواندند. خانم و مرد جوان اول کمی پُز مشاغل خانوادگی‌شان را دادند و بعد دربارهٔ زندگی مشترک حرف زدند و ادامهٔ بحث‌شان به سیاست روس‌ها در طول تاریخ کشید.

پدر مرد جوان تاجر چرم بود و پسر راه پدر را گرفته بود. یکی از برنامه‌های آینده‌اش این بود با احداث مزرعهٔ پرورش تمساح بزرگ‌ترین برند تولیدکنندهٔ چرم در خاورمیانه را از آن خود کند. پدر خانم، تاجر سنگ‌های قیمتی بود. دفتر مرکزی پدر کشور بلژیک بود و تخصصی روی الماس کار می‌کرد اما سنگ‌های قیمتی دیگر مثل زمرد و یاقوت و یشم را هم از چشم دور نمی‌داشت.

پدر خانم یک کلکسیون بسیار نفیس از سنگ‌های جوراجور داشت. هر دو اکنون رو به باغ ایستاده بودند و نسیم خنک که از باغ می‌وزید عطر شکوفه‌های پرتقال را طرف آن‌ها می‌آورد که جوان به نرمی و با احتیاط دست در کمر خانم کرد و کمی به طرف خودش کشید. خانم سرش را روی شانهٔ جوان گذاشت و عطر Balade Sauvage، مستش کرد. نور چراغ‌های باغ آنقدر زیاد بود که شب نمی‌بلعیدشان. «شب فقط صدای مرده‌ها می‌آید که با هم پچ پچ می‌کنند، شایدم صدای بال فرشته‌ها باشد.»

~

لایهٔ سفر

شب به نرمی طویله را فرا می‌گرفت. پیلهٔ ابریشمی رها، شبق‌گون در سایه-روشن اندیش‌گون بیداری. «بیداری مثل بدن آدم می‌ماند. فقط مال خودش است». از لای کاغذها و نان‌ها و پلاسیدگی گل‌ها، سفیدی مرموز توجه‌اش را جلب کرد.

کپه‌ها، بوی عجیب داشتند، ترکیبی از عطر و نم و پوسیدگی و کپک با بوی آمیخته، چیزی شبیه حالت بو وقتی آب بشکه تمام می‌شد و کثافت کاسهٔ مستراح را می‌آکند و یکی از زن‌ها -زن هندی که شوهرش راکشته بوند و آواره شده بود- می‌آمد و عود روشن می‌کرد تا بوی بد را براند اما نه تنها بوی بد نمی‌رفت بلکه بوی جدید که نتیجهٔ آمیزش عود و کثافت بود، دوچندان تهوع‌آور می‌شد. «آدم تکلیفش با کثافت معلوم است اما در برابر چیزهای دوگانه‌ای که ترکیبی از پلشتی و پاکی‌اند، عاجر می‌ماند».

با زحمت فراوان دست برد و سفیدی را بیرون کشید. یک شاخه‌گلایل تر و تازه بود. باد لای موهاشان می‌پیچید. از وقتی به آپارتمان آمده بودند، روزکه می‌شد، همهٔ این‌ها را روی دیوارهای اتاق می‌نوشت. ترس برش داشته بود که اگر آلزایمر بگیرد، چه‌کسی نجات‌شان خواهد داد. تقدیر چنین بود که خدمتکار و خانم هردو توی این اتاق کوچک بدون پنجره، در این نوشته‌ها به برسند و با هم پرواز کنند. «بالای شهر اینقدر آدم هست که خودم را باگورکن بدنام نکنم». لنگان لنگان غذای مادر را تا دم تشکش آورد. زیر تاریکی کج، چشم‌هاش نیمه باز بود -سنگلاخ‌ها و تکه‌های گچ یا سیمان، سفید و خاکستری.

رفتن به طبقهٔ ششم آپارتمانی متروک برای آنهاکه هریک حدود هفتادهشتاد سال سن داشتند، سخت و طاقت فرسا بود. آپارتمان چهل سال ساخت بود و جای پرت یکی از محله‌های شهر ساخته بودند. «تلاش برای زدودن تصویر در ذهن جانکاه است». حالاکه چند ماهی گذشته بود، عصرهاکارشان این بودکه خودشان را لبهٔ پنجره بکشانند و خیابان را از بالا تماشاکنند. قبل از تاریکی، جرات می‌کردند نیم‌خیز شوند و از بالا عابران را نظاره‌کنند.

دوست داشت جای آن زن عینکی دستفروش بود که عصرها را تا شب جلوی بانک می‌نشست و شورت و جوراب می‌فروخت و لابد چشم‌هایش به زیبایی چشم‌های گاو بود. معلم کنار تخته سیاه ایستاد و بهش زل زد تا از رو برود. بی‌توجه به معلم، رو به کاغذهای سفید برگرداند و جای نوک پرندگان را تماشاکرد. معلم نزدیک شد. بی‌آنکه کلامی بگوید اول کنارش ایستاد بعد دست روی کاغذهاگذاشت و آن‌ها را مچاله‌کرد. رشتهٔ باریکی از درد و هذیان به نازکی یال مادیان از زیر پلک‌ها شروع شد و در امتداد ستون فقرات، زیر پوست به سفیدی گردن اسب -اولین جوشش چشمه از زیر سنگ- شروع به قل قل کرد و حالا همهٔ جای بدنش را تسخیرکرده بود.

نمی‌توانست جُم بخورد. مدام سعی می‌کرد آخرین تصویر ازکشتی را به خاطر

بیاورد. معلم چند بار سوال بیهوده‌ای را تکرارکرد و او از جواب دادن سرباز زد. از آن چشم‌های ریز سیاه مکار بدش می‌آمد. ساق دختری را به خاطر آورد که هفتهٔ پیش فلکش کردند. انحنای سفید، سفت شده بود. کشیده و خوش‌تراش، با فلس‌های درخشان اما ملتهب، لحظه‌ای نمایان و بعد لای پلک‌هاش -انحای خیال انگیز، پیلهٔ ابریشمی رها در سایه‌روشن نمورکلاس- که بسته بود، گم شد. «چقدر موذی هستی دختر». باران، نرمه‌های خاکستر مرده، روی مدرسه می‌ریخت و بوی نفت دوچندان شده بود.

خروپف‌های تحریردار، گاه زیر و گاه بم، با لرزش‌های ناگهانی بدن بر آستانهٔ بیداری -اسبی که از مانع کوتاه با پرشی مینیاتوری عبورکند، این اواخر، پوست گردن گاو روی هم می‌لغزید- درهم می‌آمیخت و بازگشت کف‌آلود موج‌ها به دریا را تداعی می‌کرد. آب خانم را روی ساحل تف کرده بود. ساحلِ پرت محل عبور حیوانات و رهگذرانی از قماش آدم‌های همیشه مسافر بود. در جستجوی ناشناخته‌ها. مرد آتش روشن کرده بود و سر خانم را روی پاش گذاشته بود و موهایش را نوازش می‌کرد. چشم که بازکرد اول خلسه‌وار، بین واقعیت و خیال معطل ماند و بعد که غریبه را دید خواست از جا بجهد که درد مانعش شد. مرد جوری تظاهرکرد که جانش را نجات داده است و مثل آنهاکه ادای آدم‌های خوش‌مشرب و مهربان را در می‌آورند، لبخند زد و دست روی صورت خانم کشید و ادامه داد تا زیر چانه و بعد روی سینه‌هاش نگه داشت. ترس و رشتهٔ باریک از حقارت آمیخته به اشمئزار و ناتوانی به نازکی رد خون روی خاک، از زیر پستان‌های خانم تیرکشید و در امتداد ناف به سفیدی ابرهای بالای سر، شروع به قل قل کرد و توی ران‌هایش متوقف شد.

روی تخت دایرهٔ فربه زرد -انجیری به تازگی از مرزهای خون‌آلود کشورهای متخاصم می‌شکفت- نشان از آخرین خاطرات خانم داشت. زردی بزرگ باقی ماندهٔ شاش و مدفوع روی تشک -خورشیدی ازکثافت- متعفن و پرحرارت بود.

وقتی خودشان راکامل لبهٔ پنجره آویزان کردند، برای لحظه‌ای خانم نگاهش

را برگرداند. دید شمعدانی‌ها پلاسیده‌اند. از این بالا مردم را می‌دیدند که جمع شده بودند و انتظار می‌کشیدند هر دو به پائین سقوط کنند. اما آنها می‌خواستند خیابان را تماشا کنند. دایرهٔ زرد، همان بود که تنهایی‌اش را تقریر کرده بود و حالا بعد پنجاه سال خودش را روی تخت به دنیا آورده بود. تنها دلخوشیش همین تخت بود که اول بار با شوهرش روی آن درآمیخته بود و بر ابرها گام زده بود.

باد لای موهاش می‌پیچید. در برابر پهنهٔ آسمان بی‌کران و هوای گشودهٔ بالای سرکه با منقار پرندگان شکافته می‌شد، احساس خوش آیند داشت. بعد پنجاه سال بر خودش غلبه کرده بود. همهٔ صداها محو شده بودند. شوهرش را به خاطر آورد که در شمایل ابر، دوردست نگاهش می‌کند.

خانم خرناسه‌ای کشید و اول تکان خورد و بعد به حرکت درآمد. خیابان -زنی که بر ساحل راه گم کند- در هیاهو محو شد. تخم شکست و جوجه که یک تکه گوشت لُخم بی‌فلس بود از بالای داربست افتاد توی طویله -ماهی روی شن-، رو به احتضار- وگاه تکان می‌خورد اما با کاهلی و ضعف.

به طرف آسمان رو برگرداند و چشم‌هاش را بست و دست‌هاش را دوباره باز کرد و به طرف ابر سفید که دور جای آسمان غوطه‌ور بود حرکت کرد. آفتاب کج، چاقوی تیز اما لامع، دماغش را قاچ داده بود و خون اسفنجی، دلمه شده، به خاطرش آورد تودهٔ گره‌دار جنینی که سقط کرده بود، که نتیجهٔ تجاوز، کنار آتش روی ساحل بود. مرد زبانش را توی دهان خانم هی می‌چرخاند و نفس نفس می‌زد. چسبناکی‌اش -شیرهٔ رافلزیا- آزار دهنده بود و خانم عق می‌زند.

ناگهان از خواب پرید. سکوت همه‌جا را فراگرفت و بعد چند ثانیه غژغژ تخت همسایه پائینی -تراکتور دیزلی- به راه افتاد و ساختمان را بوی دود و گازوئیل برداشت. امروز وانت، کاغذ باطله و نان خشک کپک زده و گل‌هایی که از قبرستان جمع کرده بودند را خالی کرد توی اتاق کنار انبار علوفه. مقداری کود که گوشه‌ای تپه شده بود را بار زد و رفت. یکبار وقتی لای کاغذها و نان‌ها را می‌کاوید، کتابی را یافته بود

دربارهٔ «تاریخچهٔ پیدایش مورس و نحوهٔ خواندن آن». کتاب را برده بود وگذاشته بود توی کتابخانه‌اش. با احتساب این کتاب الان بیست و هفت کتاب داشت. دوتا ازکتاب‌ها را ازکتابخانهٔ فردی ثروتمند کش رفته بود. ازآن همه اشیاء جورواجو و قیمتی، دوتاکتاب که به جایی برنمی‌خورد.

مادرش شیشهٔ پنجره‌ها را تمیز می‌کرد و او شیشهٔ کتابخانه را. در یک چشم به‌هم زدن دوکتاب برداشت وگذاشت توی کیف‌اش. روی تخته سنگ که نشست وکتاب‌ها را بیرون آورد برای اولین بار عنوان آن‌ها را دید. روی یکی نوشته بود «ابن سینا» و روی دیگری نوشته بود «کانت».

پائیز، طویله دلگیر بود و ازشدت مگس‌هاکاسته می‌شد. یکبار وقتی خواستند یکی ازگاوها را سر ببرند، گاو رم کرد و فرارکرد. کشتن گاو به آسانی کشتن حیوانات دیگر نبود. نه نگهبان و نه مردی که آمده بود تا لاشه را ببرد، هیچ یک حریف گاو نشدند. تا یکی ازآن‌ها برود وکمک بیاورد، گاوگم شد. بعد ازآن عده‌ای می‌گفتند صدای ماغ گاو را از پشت قبرستان هر شب می‌شنوند اماگورکن انکار می‌کرد.

قبرستان پر بود از قشون مگس‌ها -توده‌هایی انبوه- که روی سنگ قبرها می‌نشستند و با وزش باد -هنگام که موج به صخره یا بدنهٔ کشتی غول‌آسا برخورد می‌کرد و پودر می‌شد، در هوا متلاشی می‌شدند.

موج‌ها برای این به عقب بازمی‌گشتندکه با قدرت بیشتر به جلو پرتاب شوند. این حرکت پاندول‌وار همان حرکتی بود که روایت درخروپف‌های خانم جزر و مد می‌گرفت و همهٔ این‌ها مثل تار و پود به هم بافته می‌شد وکار به اینجاکه می‌رسید، تصویر به جمله‌هایی در ذهن تبدیل می‌شد که در دل هم زاده می‌شدند و باردار زمان‌های ملون بودند، و روی دیوار شکل خودشان را باز می‌یافتند.

سپیده‌دم رمق نداشت. کبوتران کزکرده بودند. امروز دو اسب قهوه‌ای و یک اسب ابلق را آورده بودند و به داربست بسته بودند. چرا در این لحظهٔ وحشتناک باید کفش‌هایی را به خاطر آوردکه اول بار شوهرش توی مهمانی پوشیده بود. مرد

نگاه نافذ راکه از شیارآن چشم‌های ریزسیاه ساطع می‌شد از رویش برنمی‌داشت. لباس ابریشمی طلاکوب راکه پدرش از فرنگ آورده بود پوشیده بود. منگوله‌های طلا با شیارهای عاج قد دانه‌های عدس، زیر نور مجلل لوسترها و انعکاس آن‌ها توی سنگ‌های مرمر، جرقه بازی طربناکی را به خاطر می‌آورد که روی پس زمینۀ پشمی و تندخوی شهر، وقتی روی پوست جوان و شادابش غلت می‌خورد، مردمان -همان منگوله‌ها- از تباهی و تجاوز زینهار می‌کشیدند اما چون فاصله دور بود، صدا هم خفیف بود.

کلکسیون پدر راکه به چاه نفت خانواده مشهور بود و خانه‌باغ را عموهای خانم بالاکشیده بودند. پدرکه همسرش را در میانسالی از دست داده بود، ازدواج نکرده بود و زن‌های زیادی بعد مرگش مدعی میراث بودند و آبرو ریزی آنقدر پرهیاهو بود که تیتر یکی دو روزنامه هم شد. گوشت لذیذ آهو دست کفتارها افتاده بود و هرکس به قدرتوان سهمی برداشت.

صبح دوباره همسایه پائینی هیاهو راه انداخت و از صدای گاو و بوی پهن شکایت کرد.گاوکه توی اتاق جا نمی‌شد خودش را به در و دیوار می‌کوبید. کتابخانۀ کوچک و تخت را هم شکست. آخر سر خسته شد و روی زمین نشست. ما خرج خودمان را نداشتیم چه رسد به تهیه علوفه برای گاو. هر روز یک کتاب به گاو می‌دادم بخورد این قدرکه زنده بماند. جایی که گاو سرش به دیوار بود، نوشته‌ها را لیس می‌زد. قدر یک دایرۀ ناموزن، یادداشت‌ها را از روی دیوار محوکرده بود.

~

لایهٔ شاتوت

اواخر تابستان فصل رسیدن شاتوت که می‌شد، میوها روی زمین می‌افتادند و صاحبخانه که توی یکی از همان اتاق‌ها سکونت داشت، همیشه می‌نالید که درخت کثافت کاریش زیاد است. مادر، صبح‌های خیلی زود بیدار می‌شد و شاتوت‌ها را جمع می‌کرد و بالای شهرکه می‌رفت به دستفروش‌ها می‌فروخت و از فروش آن‌ها، کمی پول می‌داد تا او بتواند کتابی راکه دلش می‌خواست بخرد.

پدر سرشب خبر اخراجش راکه از مادر شنید، فکرکرد کاش می‌شد همان طور که می‌شود دست توی دهن برد، دست توی ذهن برد و تصویرها -انحنای سفید تخم پرندگان که آنجا لانه کرده‌اند- را برداشت و به بیرون پرتاب کرد.

تمام شب را بیدار بود برای پاک کردن تصویر تابلوی کوچک سفید که با حروف آبی اسم دخترش را روش نوشته بودند.

فکرکردکه دست را ببرد توی تاریکیِ جایی نامعلوم بین سقف و چشم بلکه آن تصویر را از جا بکند. همهٔ توان را جمع کرد و دست را بالا برد، بالاتر، و باز هم بالاتر، که درد، کتف را قفل کرد و لحظه‌ای همان‌جا ماند و بعد آرام، گِردیِ پنهانِ روی هوا را دور زد و وقتی به پتو رسید خیره شد به انگشت‌های کلفت، پوست سفت و پر پیچ و شکنج -کتابی بود دربارهٔ سرشت ورزیدهٔ کارگرها-.

کتاب را جای گداخته گذاشته بودند وکاغذهاش تاول زده بود و بعضی جاها نیم‌سوز شده بود و از قواره افتاده بود.

«می‌خواهم پروازکنم، بیا با هم پروازکنیم». آخر چطور ممکن بود؟ آیا او بعد این همه سال که نه تنها الفبای خرویف‌ها را حفظ بودکه کلمه به کلمه، سطر به سطر با زیر و بم آن‌ها آشنایی کامل داشت و چون حواشی متروک، حتا جای طویله و خانهٔ سگ‌هاش را هم می‌دانست، ممکن بود اشتباه کند.

روی تخت، توی اتاقک نگهبان نشسته بود و درخت را تماشا می‌کرد. همهٔ صداها محو شده بودند و رد خون که روی درخت بودکه از ماه ریخته بود، یال اسب سفید را هم رنگی کرده بود.«:~ اگر قرار باشد که شهود خود را با سرشت موضوع سازگارکند، من درنمی‌یابم که چگونه انسان بتواند بطور پیشینی چیزی درباره‌ی موضوع بیاموزد)».

نگهبان هیچ به آژیر خطر توجه نمی‌کرد و همیشه هواکه تاریک می‌شد، دم اتاقک آتش روشن می‌کرد. اول کاه و برگ‌ها را زیرکنده‌ها می‌ریخت و بعد آتش که گُر می‌گرفت وکنده‌ها لهیب‌شان فروکش می‌کرد با انبر، گُله‌های درشت ذغال را توی منقل می‌گذاشت. جاهایی از زیرانداز، که ذغال سوزانده بود، سیاه بود و فرورفته بود.

بمب اتاقک راکه ویران کرد، خود اتاقک انگار جای ذغال روی فرش، توی طویله به حفرهٔ تاریک بدل شد. مثل ممزوج شدن بدن مسافران هواپیما که سقوط کند با آهن و خاک، بدن نگهبان هم باگوسفندها وگاوها و اسب‌ها درهم شده بود.

زخم پشت سرش که دهن بازمی‌کرد یا خمیازه می‌کشید، لکه‌های ترشحات سفید و سرخ ـ ماه‌گرفتگی روی پوست ـ نقشهٔ کشوری نامعلوم را روی پارچهٔ متکا که گل‌هاش، به ویژه جاهایی که بیشتر سر سائیده بود و انگار زیر آفتاب سفید شده بود، اما نه سفیدی تمیز و یکدست، بلکه چرکتاب ـ ترسیم می‌کرد. هر بار که زخم دهن بازمی‌کرد، مرزها مانند روایت‌های همین کتاب، روی هم می‌غلطیدند و جابجا می‌شدند.

نیم نگاهی به جوانک انداخت. اول مقداری کرخت شد. بعد چشم‌هایش خلسه‌وار بویی را می‌کاوید که روی عرشه گم کرده بود. رطوبت اتاق و ادکلنِ جوانک بی‌رحمانه روی همان عرشهٔ شناور پرتاپش کرد. لذت استشمام و آرامش که نتیجهٔ آن بود هنوز کامل کیفورش نکرده بود که موجی عظیم به تخت اصابت کرد و در هوا پودر شد. همه که تا لحظاتی پیش، حرف‌ها و خنده‌ها و خوش و بش‌هاشان، نخی بود که به هم وصل‌شان می‌کرد، ناگهان پراکنده شدند.

یکی از جوان‌ها به طرف خانم پرتاب شد و خانم با صورت به میلهٔ بادبان برخورد کرد و بالای ابروش شکافت. آب همهٔ عرشه را فراگرفت. خواست قدری سر بچرخاند تا در این تلاطم شوهرش را پیدا کند که ضربهٔ بعدی مهلک‌تر به صخره فرود آمد. دوباره توانش را جمع کرد و این بار دست را پشت سر برد. لای موهاش را کاوید. چیزی توی مشتش آمد قدر جوجهٔ تازه از تخم برآمده ـ تکه‌گوشت بی‌پر ـ شایدم کمی کوچک‌تر، اما سرد و لزج. از لای موهای خیس به زحمت بیرونش کشید، یک جفت چشم از حدقه بیرون پریده بود.

شمعدانی‌ها پلاسیده بودند. آفتاب کج، چاقوی تیز اما درخشان، دماغ را قاچ داده بود و خون، اسفنجی بود که با پای پُر زور روی سنگفرش خاک‌کش کرده باشند، چسبناکی‌اش عابران را می‌آزرد.

ما آن بالا پرواز می‌کردیم و مردمان شهر را می‌دیدم که هر یک چیزی می‌گفتند اما چون فاصله خیلی دور بود، صداها را نمی‌شنیدیم. خانم بال‌هایش را بازمی‌کرد

و توی ابرها غوطه‌ور می‌شد. ابرها موج‌های نرمی بودند که بی‌آنکه کف کنند روی هم غلت می‌خوردند و در خود فرو می‌رفتند. آفتاب ملایم بود. خانم دورتر و دورتر می‌شد -کورسوی فانوس در پس زمینهٔ ابر و باران و نور-. می‌دیدمش و لحظه‌ای بعد چون چرخش شاهین در آسمان گمش می‌کردم. همین تشخیص دادن و گم کردن و دوباره تلاش برای یافتن وادارم کرد دریابم به حتم زنده‌ام.

در لمحه‌ای اشراق‌گون، خانم را دیدم که سایه‌روشن صورتش پرتلالو بود و وقتی شوهرش را دید آرام گرفت. هیچ اثر از زخم بالای ابروش و زخم زیر شکمش نبود. هر دو روی صندلی نامرئی نشسته بودند. خانم با دست به من اشاره کرد، یعنی تو هم بیا. خروپف‌ها، محزون و معصوم بود -ناله‌های مقربان در تاریکی شب-.

سپیدی گلایلی را به خاطر آورد -گردن سفید درنا- که وقتی روی سنگ قبر پدرش گذاشت، کمی از آنچه همواره آزارش می‌داد، تسکین پیدا کرد. «به جای اینکه درس‌ات را بخوانی همه‌اش سرت توی این کتاب‌های بی‌معنی است».

این را تلاش کرد قدری در دهان ذهن بچرخاند و مزمزه کند. آب‌های بی‌کران، دریای قدرنادیدهٔ بی‌زورق، هوا که با منقارگنجشکان شکافته می‌شد. خبر مرگ پدرش را که آوردند، هیچ گریه نکرد. فقط اندیشیده بود، یک راه، یک مسیر برای همیشه متروکه ماند.

پدرش از بالا افتاده بود توی کوره. چطور ممکن بود آن بدن ورزیده به یک مشت خاکستر تبدیل شود؟ نزدیکی‌های آلونک، قبرستان ثبت نشده‌ای بود که پدر را همانجا دفن کردند. یک هفته تمام طول کشید تا از لای نخاله‌های ساختمان تکه سنگ‌های جوراجور را پیدا کنند و کنار هم بچینند تا برای پدر سنگ قبر بسازد. «تلاش برای نگاه داشتن تصویر در ذهن جانکاه است». آنقدر که گاهی از شدت تمرکز، ذهن از جا در می‌رفت. از داخل اتاقک دید که تخم شکسته است و جوجهٔ تازه متولد شده گاه تکان می‌خورد.

تابستان، طویله پر بود از مچالگی مگس‌ها -توده‌هایی انبوه بر بدن صخره‌ای

گاوها- که می‌نشستند و با حرکات دُم -زمانی که موج به صخره یا بدنهٔ کشتی غول پیکر برخورد می‌کرد و پودر می‌شد- در هوا متلاشی می‌شدند. کلاغ سیاه بر لبهٔ دیوار طویله نشست و در یک جست غافلگیرکننده، جوجه را از لانه‌اش ربود و پروازکرد. سال‌ها بود صخره راگم کرده بود.

صدا بلند کرد که «می‌کشمت دخترک هرزه». زندگی آیا در همین دم و تنها در همین دم نهفته است. همین نور، همین سیلان که در تک پنجرهٔ اتاق، با چوب‌ها که ازکهنگی چیزی نمانده زوارهای خیس و قهوه‌ای را یکسره -شن که برگیاه کویری بوزد- بپوشاند و به یکباره محوکند، آری همین پنجره، درخشش تیره، لحظه‌ای به برق باقی مانده از نورگذرا به گلدان شمعدانی چشم دوخت و انگارکشتی گرفتار در انبوه تلاطم‌ها که ناگهان مقاوت از دست بدهد، آرام گِردیِ پنهانِ روی هوا را دورزد و وقتی به خاک تیرهٔ گلدان خیره شد بی‌آنکه قلمه‌های شمعدانی را بار دیگر برانداز کند، گوشت‌های پف کردهٔ زیر پوست، دور قلمه‌ها حلقه زد و آن‌ها را توی خاک فروکرد و بعد لیوان آب خانم را برداشت و باقی ماندهٔ آب را توی گلدان ریخت.

اول صدای کشیده شدن لیوان روی میز و بعد صدای آب، خانم را بیدارکرد و خانم نیم‌خیز، صخره‌ای مایل به شمال از طرف سر، که کلهٔ عقابیش را جلو آورده باشد، بعد دست راست که آویزان بود از تخت را برگرداند به بالا، با رگ‌های ورم کردهٔ سرخ فیلی و همان خون که روی برگ‌ها ریخته بود و اسب سفید را رنگی کرده بود، منتها به قاعده و محبوس در رگ.

خون روی ناخن‌هاش هم پاشیده بود. هفتهٔ پیش آنها را توی حمام شسته بودم. کف پایش را سنگ پا زده بودم. لایه‌های پوست شکمش که روی هم افتاده بود پوست پوست شده بود و بوگرفته بود -جنازهٔ گرازها که روی هم افتاده باشند و متعفن باشند-. «این همه آدم، هیچ‌کس نباید سراغ من را بگیرد؟».

یک ساعت مانده بود به سرشب. از پنجره دید جمعیت توی خیابان گرد آمده‌اند

وگله‌گله هیاهو راه انداخته‌اند. صدای جمعیت خفیف وگاه شلیک‌ها مهیب بود. هوا سرد بود و باد خشک زمستانی استخوان را می‌سوزاند. میان این جماعت درهم لولیده، دختری با پالتوی اخرایی که تنها و به دور از هیاهوگوشهٔ خیابان ایستاده بود بیش از همه جلب توجه می‌کرد. به خانم کمک کرد تا برخیزد و خودش را لبهٔ پنجره برساند. خانم، با صورت پف‌آلود و موهای آشفته -قلم‌موی مستعمل نقاشان که درهم بود و از روبه‌رو تا روی پیشانیش ریخته بود و از کنارهٔ گوش‌هاش، مرواریدهای صدفی دریاهای جنوب- قدری سعی کرد سر به پائین خم کند و خیابان را ببیند. دست را به زحمت بالا آورد و روی شقیقه گذاشت جایی که سرگیجه -اولین جوشش چشمه از زیر سنگ غلیان کرده بود و حالا تسخیرش کرده بود.

سر روی شانه‌ام گذاشت و نفس عمیق کشید. قدری بادکه وزید و عطر داوودی‌ها را داشت آرامشش داد. چند جوان آن طرف‌تر ایستاده بودند و نقشه می‌کشیدند دختر را تورکنند. یکی از آنها وقتی خواست به طرف دختر برود، اولین گلوله چنان شلیک شدکه پسرک از جا بلند شد و پرت شد طرف بانک. رد خون که روی خیابان بود از ماه ریخته بود، و جمعیت را -اسب‌های رم کرده، موج‌های خروشان بلند یکی پس از دیگری، بر تن صخره‌ای خیابان فرود می‌آمدند و رمقش را می‌مکیدند یا جغجغه‌ای در دست کودک، سهل و بی‌خیال- به این طرف و آن طرف هُل می‌داد و رنگی می‌کرد. «کار نوشتن روی دیوار سخت است، آدم از کت و کول می‌افتد». اندوه که زاغ سیاه بود همه جا آشیانه کرده بود.

خانم چشم‌هاش را بست. در این همه سال این قدرکه زخم بستر نگیرد، راه رفته بود. یکی دو سال گذشته، چاق شده بود طوری که روی تخت توی تاریکی خیال می‌کردی تخته‌پاره‌های کشتی، ناموزون اما زنده روی هم سوار شده‌اند.

هروقت یک تکه از وسایل خانه را می‌فروختند، خانم بی‌تفاوت قیافهٔ ابله خریدار را نگاه می‌کرد. فقط وقتی مجبور شدند آینه شمعدان را بفروشند، تکان سختی خورد و باز خیلی زود به مدار همان حالت بی‌تفاوت قبلی بازگشت. حالا

وسایل خانه را می‌شد کمتر از نیم‌ساعت عقب وانت بار زد.

لبهٔ پنجره را رها کرد و با پشت آرام روی تخت خوابید. اول تصور کرد ماهی یا هشت‌پا پشت سرش چسبیده که مثل زالو، لزج بود و لای موهاش روی متکا قاطی شده بود. بی‌خیالی کرد و بعد دست برد و از لای موهاش یک جفت چشم اسب بود یا آدمیزاد راکشید بیرون و -سفیدهٔ تخم مرغ- به پائین تخت پرتاب کرد.
«آن صخرهٔ غول پیکر که تا ساعتی پیش توی خیابان غوطه‌ور بود، اکنون کجاست؟».
خروپف‌ها خسته و درمانده ادامه می‌دادند. لحظه‌های سخت و دشوار -همان کبوتر که جوجه‌اش راکلاغ سیاه ربود، همان کلاغ سیاه که توی چشم‌هاش آشیانه کرده بود- لای چروک‌های پوست لانه کرده‌اند و پوسیده‌اند.

اول چرخید و بعد توی تاریکی -که مژه‌هاش را پوشانده بود و دماغهٔ کشتی با آن همه عظمت تکه شده و زیر پیلهٔ لحاف به پروانه‌ای زیبا دگردیسی پیدا کرده بود که حتا کهولت سن هم نتوانسته بود از جذابیتش بکاهد- نیم‌خیز شد.

دایره‌های گرد لحاف، مروارید دوزی شده، وقتی آفتاب به داخل سرک می‌کشید، به رقص در می‌آمدند. طی این سال‌ها هیچ‌وقت تشک و لحافش را عوض نکرده بود. خانم را دید که با دست اشاره می‌کرد، یعنی بیا.

همهٔ صداها محو شده بودند. پائین تخت، میز کوچک بود که روش گلدان شمعدانی و ساعت گذاشته بودند. اتاق کناری اتاق من بود که قدری کوچک‌تر بود با تخت معمولی، کتابخانهٔ کوچک دست‌ساز و بدون پنجره. دیوارهای اتاق کتابی بود که مشغول نوشتنش بودم. رو به روی اتاق، مستراح و حمام بود و مقابل اتاق خانم، آشپزخانه. دوباره خانم با دست اشاره کرد، یعنی بیا. شعلهٔ اجاق راکم کردم و طرف خانم رفتم. خانم با چشمان وق زده نگاهم می‌کرد و حرف نمی‌زد. بوی ناخوشایند از تخت ساطع می‌شد. لحاف راکه بالا زدم، تودهٔ عجیبی از کرم‌ها و انگل‌ها درهم شده بودند. بوی ناخوشایند آمیخته به تن رهگذری بود از آن آدم‌ها که همیشه در سفرند و جاهای ناشناخته را برای اقامت‌های موقت خود انتخاب می‌کنند.

چرا بوی پشکل گوسفند و پهن گاو نه تنها ناراحتم نمی‌کند بلکه چیزی از بوی طبیعت -علف‌های تغییر شکل داده- را هم در خود دارد. علف‌هایی که بالای قبر پدرش روئیده بود و اوگلایل را پائین آن‌ها روی سنگ گذاشته بود و وقتی قبرستان را ترک می‌کرد سر برگرداند و نگاه‌شان کرد.

محوطهٔ وسیع با اتاقک گلی محقر و دلگیر که گورکن پیر آنجا می‌خوابید و درآمدش پول ناچیزی بود که ازکندن قبر وکفن و دفن به دست می‌آورد و آذوقه‌اش خیرات‌های محقرانه‌ای بود که روزهای خاکسپاری یا عمومن پنجشنبه جمعه‌ها می‌اندوخت. چیزی در حد یک تکه نان یا نخود برشته. بسیار زمان‌ها دیده بود گورکن می‌آمد و از نان خشک‌های کپک زده بی‌آنکه نگهبان بفهمد کش می‌رفت. با زحمت فرآوران دست می‌برد و چیزهایی بیرون می‌کشید -یک تکه پنیر، انگار شاخهٔ گلایل تر و تازه.

کبوتران کزکرده بودند و قبرها را شماره می‌کردند. از پشت پنجره می‌دید نگهبان با مادرش حرف می‌زند و چیزهایی می‌گوید. مادرش وسط قبرستان زمین را نگاه می‌کرد و بعد او راکه ایستاده بود نگاه کرد. سال‌ها بعد یکبار وقتی اتفاقی مادرش را دید که از اتاقک گورکن بیرون می‌آید، روی سنگ نشست و به درخت انجیر جلوی اتاقک که هنوز از چراغ‌های زرد با شیرهٔ سفید چسبناک و ردی از نوک پرندگان -ریسه‌هایی که موقع باریدن باران ترکیده باشد، مراقبت می‌کرد- نگاه کرد.

دیدم پدر توی تاریکی دست را از قبر آرام بیرون آورد، انگار می‌خواست توی آن مه غلیظ چیزی را با مشت بگیرد که بعد منصرف شد و آهسته دست را پائین آورد. صدای رادیوی نگهبان با خروپف‌های خانم درآمیخت و خاموش شد.

اسب‌ها حتا به خروپف‌های پر ازگره‌های کور خانم و صدای آژیر رادیو، که هر شب -پارچه‌های گیرکرده توی ماشین‌های پرهیاهوی نساجی به هم بافته وگاه تار یا پودش پاره می‌شد، تا بعد از سکوت که نتیجهٔ چرخش کُند از پهلو به پهلوی دیگر بود، دوباره هیاهو از نو آغازکند- بی‌تفاوت بودند.

من می‌توانستم آن‌ها را باگوش‌هایم بخوانم و بنویسم. هر دم و بازدم که هنگام عبور از حنجره به صدایی تبدیل می‌شد، سرشار از واژه‌هایی بودند -ماهی‌های چموش توی رودخانه- که لایه‌های سیال و پُرپیچ و تاب آب روی آن‌ها می‌غلطید و -کورسوی فانوس در پس زمینهٔ درخت و باران و مه، سیر و نیم‌سیر- پیدا و پنهان بود، اما وقتی صید می‌شد، پوست فلس‌دار واژه‌ها، زیر نور کشف کلمه، پُر تلالو و سرزنده، بر سطح دیوار بالا و پائین می‌پرید و انحنای بدن ماهی، اگر روی دیوار ردی از خود بر جا می‌گذاشت، کتابی از منحنی‌ها و هذلولی‌های درهم رونده تداعی می‌کرد.

«ببین، شوهرم آنجاست، نگاه‌کن». روی دندهٔ چپ غلطید و جای گود توی متکا که قدر لانهٔ یک جفت مرغ جیرفتی فرو رفته بود خیس خونابه بود. زخم پشت سر که دهن باز می‌کرد یا خمیازه می‌کشید، لکه‌های ترشحات سفید و سرخ -ماه گرفتگی روی پوست- نقشهٔ جغرافیایی نامعلوم را روی پارچه که گل‌هاش، به ویژه جاهایی که بیشتر سر سائیده بود و انگار زیر آفتاب سفید شده بود، کاهی و چرکتاب، ترسیم می‌کرد. هر بار که زخم دهن باز می‌کرد، مرزها روی هم می‌غلطیدند و جابجا می‌شدند.

صبح که سپیده، ازگوشه‌های آسمان پیدا و پنهان بود، او را به زحمت تا لبهٔ پنجره آوردم. کرم‌های سفید گنده از زیر پوست شکمش روی تخت می‌ریخت. دست‌هایش را از لبهٔ پنجره آویزان کرد و به زحمت خودش را بالا کشید. می‌ترسیدم سقوط کند. «داریم کم‌کم مثل تکه‌های گوشت متعفن همین‌جا می‌میریم؟». بعد چشم‌هاش خلسه‌وار بویی را می‌کاوید که روی عرشه گم کرده بود. رطوبت اتاق و ادکلن جوانک بی‌رحمانه روی عرشهٔ شناور پرتاپش کرد. لذت استشمام و آرامشی که نتیجهٔ آن بود هنوز کامل کیفورش نکرده بود که بمب به جایی اصابت کرد و شیشه‌ها را لرزاند. همه که تا لحظاتی پیش، حرف‌ها و خنده‌ها و خوش و بش‌هاشان، نخی بود که به هم وصل‌شان می‌کرد، ناگهان پراکنده شدند. طی این سال‌ها هیچ وقت آلونک‌ها را نزده بودند. نفیر موشک از

فراز آسمان که می‌آمد، آلونک‌ها می‌لرزید و به سرگرمی پیش پا افتاده و آمیخته به نکبت ساکنان، تعقیب کردن صدا هم اضافه شده بود.

خانم را دید که پاهایش را مثل غواص‌ها تکان می‌داد، یعنی کمکم کن. الان فقط پاهای چاق و سفیدش توی اتاق بود. همهٔ صداها محو شده بودند. لابد جایی برای نشستن او روی تخته‌سنگ نامرئی بود. دست‌هایش را از هم گشود و به راحتی از لبهٔ پنجره به طرف ابرهای شناور پرید. همیشه وقتی به آسمان نگاه می‌کرد و خط سفید باقی مانده از عبور هواپیما را می‌دید که اول متراکم بود و بعد به تدریج پخش می‌شد، خودش را کبوتری تصور می‌کرد که توانسته بود تا آن بالا بپرد.

از تشنگی مفرط، دست نیم کاسه کرد و از پائین تخت، آب را سر کشید. آب شور و تلخ بود و پرید توی گلوش. بلافاصله تف کرد کنار تخت. «فرش و گرامافون را هم بفروش».

شب مدام تصویر کبوتر جلوی چشمش بود که وقتی به لانه‌اش می‌آید و می‌بیند جوجه‌اش نیست چقدر اندوهگین می‌شود. خواست توی این ظلمات غلیظ بیرون برود و روی تخته‌سنگ بنشیند و به درخت خیره شود اما نمی‌شد. باران، نرمه‌های آب دهن، روی خیابان می‌ریخت و آب، بعدِ طوفان رمق نداشت. فکرهای پراکنده توام با ملال و یاس اینجا و آنجای ذهنش لانه می‌کردند و هر چیز که آن دوردست ته خیابان زیر نور مهتاب بالا و پائین می‌شد، ندای امیدی بود که به زودی از جنب و جوش می‌افتاد.

آخرین بارقه ساق سفید زنی بود که مثل بازوی عروسک از جا در رفت و وسط خیابان پرتاب شد. انحنای سفید، سفت شده بود. کشیده و خوش‌تراش، با فلس‌های درخشان اما بی‌جان، لحظه‌ای نمایان و بعد لای پیچش ملایم نور ماشین‌ها گم شد. انحای خیال انگیز، پیلهٔ ابریشمی رها در سایه‌روشن رعب‌آور. همین تشخیص دادن و گم کردن و دوباره تلاش برای یافتن وادارش می‌کرد دریابد به حتم زنده است و می‌توانست دمی بر هراس خویش فائق آید و آن چشم‌های ریز

نافذ را جستجو کند.

وقتی آن تیله‌های سیاه را جستجو می‌کرد خروپف‌هایش تحریردار می‌شد و رایحهٔ داوودی‌های زمستانی را به خود می‌گرفت. در این سیاهی انبوه که روی آب آوار شده بود، اثر از کشتی غول‌آسای صخره‌ای نبود.

لحظه‌ای سایهٔ اخرایی را روی آب دید و وقتی از خواب پرید ـ جایی که لابد آنقدر جلو رفته بود تا دریابد به راستی ساق برهنه زنده است یا آب تکانش می‌دهد ـ خواست که قرص‌هایش را از بالای سرش بردارد که دستش خورد به شیشه‌ای که عقرب توش بود. شیشه افتاد و شکست.

«خانم هرموقع چیزی خواستید من را صدا بزنید».